LETTRES

DE MONSIEUR

DE LANGUET,

écrites en latin

A S. A. S. Monseigneur

AUGUSTE

ELECTEUR de SAXE

& ARCHI MARECHAL DE L'EMPIRE,

traduites en françois

par

Jean Chrétien Lunig.

M DC XCV.

Monſieur,

J'avoüe de bonne foy,
que ce m'eſt une

* 2   *gran-*

grande liberté de vous presenter la traduction de ces Lettres; Mais, comme Vôtre incomparable bonté envers moy & les miens m'engage à vous faire connoître par quelque temoignage public combien je vous en suis obligé, j'espere que vous ne trouverés pas mauvais cette marque de ma reconnoissance. Vous n'ignorés pas, MONSIEUR, de

quel-

quelle maniere le Grand de Thou *dans ses Hi-stoires a loüé Monsieur* Hubert Languet *à cau-se de son grand savoir,* dont les Lettres Latines qu'il a écrites à S. A. S. Monseigneur AUGUSTE Electeur de Saxe, *tant pour la matiere que pour le stile sont de ve-ritables preuves.* Pour *moy, je ne fais que sui-vre le penchant du siecle ; & puisque la lan-gue*

gue françoise fleurit
aujourd' huy jusqu' aux
extremités de la terre,
j' ay pris la hardiesse
de traduire ces Lettres
en cette langue, & j' ay
cru qu'il étoit de mon
devoir de vous les of-
frir. Regardés, je
vous en supplie, cette
traduction d'un oeïl fa-
vorable, & recevés ces
efforts de mon peu de
savoir avec cette dou-
ceur qui vous est si na-
turelle.

turelle. Si j' ay suivi l' intention de ce celebre Autheur, j' attribuë ce bonheur au grand Languet, qui dans son eloquence Latine n' a pas oublié le genie de sa langue maternelle qui étoit la françoise & si je ne l' ay fait, j' espere que vous aurés la bonté d' excuser mon foible, & de recevoir ma bonne volonté pour une marque du

zele

zele ardent que j' ay d'
étre toute ma vie avec
un Respect inviolable,

Monsieur,

Vôtre tres-humble, tres-
obeïssant & tres fidele
Serviteur

Jean Chrétien Lunig.

A SON ALTESSE SERENISSIME
MONSEIGNEUR

AUGUSTE,
ELECTEUR DE
SAXE ET ARCHI-MARÉCHAL DE L'EMPIRE &c.

* * *

Monseigneur,

J'ay enfin obtenu mon congé
dans le Château de Briançon ; le
Roy s'y est arrêté pendant quelques jours, & le Connétable l'y a

A   re-

receu avec une magnificence ex-
traordinaire. Lors que je feray de
retour, je vous informeray de
tout ce qui s'eſt paſſé: je tacheray
méme à devancer cette Lettre,
à moins qu'il ne m'arrive quelque
malheur pendant mon voyage.
J'ai raiſon d'y prendre garde, puiſ-
que des gens dignes de foy m'ont
donné avis qu'il y en aura qui
m'obſerveront en chemin. En effet dés le moment, que ceux qui ne
font pas trop affectionnés à VôTRE
ALTESSE ELECTORALE ont appris
que j'étois envoyé en ce Païs, ils
ont, je ne ſay par quel ſoupçon,
donné ordre à de certaines gens,
de tâcher à decouvrir le veritable ſujet de mon voyage à la Cour.
Mais un de ceux, à qui l'ordre en
avoit été doñée, m'en ayant averti, & ſachant que l'on me tendroit
des pieges, m'a conſeillé de prendre

dre bien garde à moy. Je remets le tout à la Providence Divine, qui m'a conservé jusqu'à present, & qui m'a delivré plusieurs fois de plus grans perils. Le Roy de France finira bientôt son voyage, & s'en retournera au cœur du Royaume. On croit qu'il restera tout l'hyver dans la ville de Blois, située sur la Loire, à une journée au dessous d'Orleans. On y a convoqué une Assemblée pour le mois de Janvier, dont on parle diversement. Le bruit court, qu'on y deliberera de nouveau sur les matieres de la Religion, & que l'on avoit déja commandé à quelques Evêques de se joindre à quelques-uns des plus celebres Theologiens, & de rediger par écrit une formule de doctrine, par laquelle on puisse esperer d'accommoder les deux partis qui

font en division. Si cela est vray,
je ne crois pas qu'ils n'entrepren-
nent en vain un ouvrage de cette
conséquence. D'autres disent, ce
qui me paroît plus vray-sembla-
ble, qu'on a convoqué cette Af-
femblée pour confulter de que le
manière le Roy pourra exiger
quelque argent de fes fujets, &
particulièrement des Ecclefiafti-
ques pour payer les dettes dont
il eft accablé. On dit que le Cardinal de Lorraine viendra dans
peu de tems à la Cour avec une
grande fuite; & parce que Mon-
fieur l'Ammiral & Mr. de Montmorency s'affemblerent dernierement à Melun fur la Seine, dix
lieues au deffus de cette ville, on
en fait des jugemens furprenans.
Il y en a plufieurs qui croyent que
l'on prendra de nouveau les armes, & ils fe font une joye des di-
ver-

verſes eſperances qu'ils en ont. Je
ne doute pas que cette grande
deſunion des eſprits, & la folie des
hommes ne ſoient capables d'ex-
citer de grans troubles à la moindre occaſion qui s'en preſentera;
J'eſpere pourtant, que ceux qui
ſavent par leur propre experience
quels ont été les malheurs des
troubles paſſés, s'oppoſeront aux
efforts des plus mutins. Jaques
Comte d'Aran, le frere naturel de
la Reine d'Ecoſſe, & quelques autres des plus conſiderables du
Royaume, qui s'étoient oppoſés
au nouveau Roy, ont été chaſſés
d'Ecoſſe, & ſe ſont ſauvés en Angleterre au nombre de treize;
mais le Comte d'Aran tient pourtant encore deux places fortes
prés des frontieres d'Angleterre.
Au commencement de la ſedition
le Roy d'Ecoſſe, qui craignoit les

An.

Anglois, demanda du secours au
Roy de France; mais il arriva, je
ne say comment, que ses ennemis se retirerent plûtôt qu'il n'a-
voit pensé. Il n'a rien encore entrepris touchant la Religion: les
Predicateurs prêchent avec autant de liberté qu'auparavant, &
& le Roy même assiste à leur pre-
dications. Tout le monde croit
pourtant qu'il a plus de panchant
à la Religion Romaine, & qu'il
attend l'occasion d'y faire un
changement, que, s'il l'entrepren-
noit à present de faire, le peuple
rappelleroit peût-être, ceux qui
se sont sauvés en Angleterre. La
Reine d'Angleterre est fort en
peine de voir ses affaires en l'état
où elles sont. Elle sait qu'il y en a
plusieurs dans son Royaume qui
tiennent en cachette le parti de la
Religion Catholique, & cela la fait
soup-

foupçonner qu'ils defirent le Roy
& la Reine d'Ecoffe, qui fe difent
heritiers de l'Angleterre, & dont
l'authorité s'eft fort augmentée
par la derniere victoire. S'il eft
vray, que la Reine d'Ecoffe foit
enceinte, comme on l'a écrit depuis peu de la Cour d'Ecoffe, &
qu'elle accouche d'un Prince, cela
augmentera fans doute le danger
où la Reine d'Angleterre fe trou-
ve. Elle s'apperçoit auffi, que
plufieurs grans Seigneurs d'Angleterre la haïffent pour avoir
trop élevé Robert Dudlée: C'eft
pourquoy, lors que les Grans
d'Ecoffe, qui s'étoient fauvés en
Angleterre, luy demanderent au-
dience, elle ne voulut l'accorder
qu'à condition, que les Ambaffadeurs de France & d'Efpagne y fe-
roïent prefens. Il femble encore,
ou du moins elle fait femblant de

vouloir épouser Charles Archiduc
d'Autriche, & des personnes de
haute qualité de ce païs-là m'ont
écrit, qu'on y attend son arrivée.
Pour moy je ne saurois croire,
qu'elle épouse Charles Archiduc
d'Autriche; je crois plûtôt, qu'elle
cherche par ce déguisement l'occasion de troubler de nouveau les
affaires d'Ecosse, & de faire rap-
peller les Exilés dans leur patrie,
parce qu'elle sait qu'ils sont les
ennemis jurés du Roy. Dans les
conditions qu'elle a fait proposer
à Charles d'Autriche, elle luy demande quatre cens mille écus par
an pour son donaire, en cas qu'elle
le survive: Elle dit qu'elle ne veut
pas avoir moins que sa sœur, à qui
le Roy d'Espagne en avoit promis
autant; & tout le monde sait,
que Charles d'Autriche ne peut
pas le faire. J'écris amplement de
cet-

cette affaire à V. A. E. parce que je crois que le Roy de Danemarc a interêt de prendre garde aux affaires d'Ecosse, dont le trop grand accroissement seroit dangereux pour luy, sur tout, si le Roy de Suede épouse la Duchesse de Lorraine, à cause qu'elle est proche parente de la Reine d'Ecosse; personne n'ignore, combien leur ambition est demesurée, & quel est le genie du Cardinal de Lorraine. Christofle Marggrave de Bade a passé en Angleterre avec son Epouse, qui est Suedoise; Elle a accouché d'un fils à Londres; le Roy de France & la Reine d'Angleterre l'ont presenté au Batême, & luy ont donné le nom d'Edouard l'Heureux. On dit que le Marggrave y est allé pour renouveller la vieille intrigue du mariage de la Reine avec le Roy de Suede. &

A 5 c'est

c'eſt ce que je ne crois pas, à
moins qu'il n'y ait de la folie de
leur part. Le douzieme de ce mois
le Prince de Condé épouſa la ſœur
du Duc de Longueville, & on celebra les noces dans la ville de Vendome. Le Prince de la Rocheſuryon Prince du ſang Royal, Mr.
de Sipierre, Gouverneur des
Duchés d'Orleans & de Berry, &
le Comte de Sancerre, qui étoient
des perſonnes de grande authorité, moururent icy dernierement.
L'Epouſe du Duc de Parme s'étant
embarquée en Portugal pour aller dans les Païs-Bas, a eté agitée
d'une tempéte qui l'a pouſſée ſur
les Côtes d'Angleterre dans la
Province de Cornouaille; mais
on dit qu'elle eſt à preſent arrivée
en Zeelande: il y a long-tems que
ſon Beau-pere l'attend à Bruxelles.
Il eſt arrivé en ce païs quelques
Prin-

Princes de Pomeranie pour faire
leurs études & pour apprendre la
langue françoise.   Ils ont demeuré quelque tems à Wittem-
berg, & à present ils font dans
cette ville, Dieu conserve Vôtre
Alteffe Electorale & toute son Illustre Famille. A Paris le 17. No-
vembre 1565.

P.S. J'étois fur le point de cache-
ter ma lettre, lors qu'un certain
qui venoit d'Angleterre me dit,
que tous les Principaux Ecoffois
qui s'étoient fauvés, fe font recon-
ciliés avec leur Roy, & s'en font
retournés en Ecoffe à la referve
du Comte d'Aran & du frere naturel de la Reine. Il a encore dit,
que la fœur du Roy de Suede que
le Marggrave de Bade a épousé, est
en grande faveur auprés de la
Reine d'Angleterre, & que la Reine luy a fait de grans prefens.

MON-

⁎

MONSEIGNEUR,

Je n'ay rien écrit jusqu'à present à Vôtre Alteſſe Electorale, n'ayant pas oſé envoyer mes Lettres à Anvers, depeur que ceux qui gardent les chemins à cauſe des troubles qui menacent les Païs-Bas, ne les ayent ouvertes. Mais on a preſentement établi un Meſſager, par le moyen duquel je pourray luy faire tenir mes lettres à Nuremberg. Le Roy de France a paſſé ici & dans le voiſinage les mois de May & de Juin. Il avoit reſolu d'aller faire un tour en Picardie ; mais je crois que les troubles des Païs-Bas luy ont fait prendre une autre reſolution : car

H

il ne veut donner du ſoupçon ny
au Roy d'Eſpagne, ny aux Flamans: Je ne penſe pas non plus
qu'il ſoit à propos qu'il s'éloigne
de cette Ville en ce tems, où tout
le monde a l'eſprit occupé de l'é-
venement des troubles Belgiques.
Les affaires de France ſont aſſés
tranquilles par tout, ſi l'on en
excepte celles de Toulouſe. Il y a
un mois qu'il ſe fit un tumulte
dans la Ville de Pamiers, à une
journée de Toulouſe; où les nôtres tuèrent trente ou quarante
Catholiques Romains, & ils n'en
perdirent que quatre ou cinq des
leurs. Mais les Catholiques, qui
s'étoient ſauvés du tumulte irritè-
rent tellement contre les nôtres
les habitans de la petite ville de
Foix, qui n'eſt qu'à deux lieuës de
Pamiers, que s'étant mis ſous les
armes à la pointe du jour, ils en
égor-

égorgérent quinze ou feize qui
étoient encore au lit. Lors
que la nouvelle en fut venuë
à Toulouse, les Catholiques commencerent à murmurer & à mau-
dire les nôtres, qui craignant la
cruauté du peuple, qui eſt le plus
méchant de toute la France, il n'en
ſortit guere moins de deux mille
de la ville. Ces affaires ont mis la
Cour quelque tems en peine; car
Pamiers s'eſt fortifié d'une garnifon de ſoldats, & Toulouſe qui eſt
une ville puiſſante & ſeditieuſe,
n'obéiſſoit pas aſſes à l'Evéque de
Valence que le Roy y avoit envoyé depuis quelques mois. Mais je
viens d'apprendre qu'on eſpere
que les choſes ſeront bientôt tranquilles, & que ceux de Touloufe
rappellent déja ceux qui ſont ſor-
tis de la ville. On a à preſent ac-
cordé aux freres du Roy certaines

nes Principautés qu'eux & leurs
Succeſſeurs mâles poſſederont, &
chacun d'eux aura tous les ans
cent mille livres de rentes ; deux
florins d'Allemagne valent trois
livres de cette monnoye. Outre
cela, le Roy leur donne à chacun
une penſion de deux cens mille livres par an ; mais elle ne paſſera
pas à leur poſterité. L'aîné que
l'on appelloit cy-devant Duc d'Orleans, s'appelle à preſent Duc
d'Anjou, & le Cadet Duc d'Alançon. Le Duc de Lorraine eſt icy
avec Madame la Ducheſſe ſon E-
pouſe. Un peu avant ſon arrivée
le Cardinal de Lorraine & tous les
Guiſes ſe retirerent de la Cour, à
cauſe de la diviſion qu'il y a entre
eux : la raiſon en eſt, que le Cardinal de Lorraine s'apperçevant,
que le Duc de Nemours Couſin
germain du Duc de Savoye, étoit
paſ-

passionément amoureux de la
Veuve du frere de Guise, & qu'il
avoit une extrême envie de l'é-
pouser, a creu que l'occasion d'en-
richir les fils de son frere se pre-
sentoit. C'est pourquoy il n'a pas
permis que la Duchesse de Guise
qui dependoit absolument de luy,
consentit à ce mariage, à moins
que le Duc de Nemours ne la fit
heritiere de tous ses biens, s'il venoit à mourir sans enfans; & il l'a
enfin obtenu. Cette affaire a donné du chagrin au Duc de Lorraine, parce que le Comte de Vau-
demont son Oncle, que Vôtre Altesse Electorale a vû à Francfort,
a épousé la sœur unique du Duc de
Nemours, qui par cette institu-
tion de la Duchesse de Guise est
desheritée de son frere. On dit,
que le jeune Duc de Guise est parti pour la Baviere, en esperance
d'é-

d'épouſer la fille du Duc de Baviere. Le Cardinal a recherché cette
alliance, parce qu'il a crû que le
Roy de France épouſeroit la fille
de l'Empereur Maximilien, & que
le Duc de Guiſe, à cauſe de ſa femme ſeroit le Beau-frere du Roy. Je
crois que V. A. E. aura appris, que
le Roy de France envoya ces der-
nieres années quelques vaiſſeaux
de guerre ſur la mer d'Occident,
pour découvrir de nouveaux
Païs. Ces vaiſſeaux ſont enfin
parvenus à cette côte de l'Inde Oc-
cidentale, qu'on appelle Floride,
& ils ont bâti ſur le bord d'une cer-
taine riviere une Citadelle, qu'ils
ont appellé Caroline. Les Eſpagnols croyant, qu'il ne leur étoit
pas avantageux, que les François
s'établiſſent en un lieu, qui n'eſt
pas beaucoup éloigné des terres
qu'ils poſſedent dans les Indes

B   d'Oc-

d'Occident, prirent la Citadelle
l'automne dernier, & taillerent
en pièces tous les François qui
étoient dedans. Mais dans le même tems que les Espagnols prirent la forteresse, trois vaisseaux
François firent naufrage prés du
même endroit, & plusieurs de
ceux qui étoient dans les vaisseaux étant heureusement venus
à bord, & se voyant réduits à l'ex-
tremité se rendirent aux Espagnols, qui les receurent sous leur
protection, & ils les égorgerent
pourtant dans la suite. Le bruit
court, que les vaisseaux de Diepe
ont rencontré quelques vaisseaux
Espagnols dans le Golfe de Bisca-
ye, & qu'ils les ont coulés à fond,
pour vanger les meurtres que les
Espagnols avoient fait dans la
Floride. On équippe á present
quelques vaisseaux sur les côtes
du

du Poitou, & à l'embouchure de
la Garonne: Il y en a qui difent
qu'on leur fera reprendre la route
de Floride; mais les autres croyent avec plus de vray-femblan-
ce, qu'ils efcorteront la Flotte
d'Efpagne, qui doit partir pour les
Païs-Bas, ou qu'ils defendront du
moins les côtes de France, fi la
Flotte d'Efpagne y paffe. Le Pape
envoya dernierement un Nonce
au Roy, qui luy chantoit encore
la vieille Chanfon de recevoir les
Decrets du Concile de Trente, &
d'ôter la liberté de Religion, qui
a été accordée aux nôtres par l'E-
dit de paix; mais il a fort peu a-
vancé. On dit qu'il a confifqué
les biens de tous ceux qui font
profeffion de nôtre Religion dans
l'Etat d'Avignon; mais le Roy en
empéche l'execution, de peur que
cela ne donne lieu à quelque fou-

le-

levement. Je ne doute pas que
V. A. E. n'ait des nouvelles plus
affurées que nous, des affaires des
Païs-Bas: Il femble que tout eft
difpofé à un foûlevement. Car le
Roy d'Efpagne ne fouffrira pas le
changement qu'on tâche d'y faire,
& il équippe déja en Efpagne une
Flotte pour les domter. On dit ici
qu'il demande paffage en France,
mais cela ne me paroît pas vray-
femblable. Je crains fort que les
Païs-Bas ne tombent dans le méme malheur, où ce Royaume a
été dans la derniere guerre civile:
fi la guerre s'allume, il y en aura
un nombre infini de ce païs, qui
s'y en iront. Les Flamans efperoient que l'Empereur Maximilien chercheroit à la premiere af-
femblée des Etats quelque reme-
de à leurs maux; mais lors qu'ils
ont vû que leur efperance étoit
vai-

vaine, ils ont pouſſé les affaires à
bout. Il eſt bien fâcheux, que le
païs le plus floriſſant & le plus fer-
tile du monde ſoit renverſé par
la méchanceté & les factions du
Pontiſe Romain, & par les mauvais Conſeils d'Eſpagne. Il eſt
étonnant, qu'ayant ſi ſouvent entrepris en vain d'empécher les
progrés de l'Evangile, ils ne ſe
ſoient pas apperçûs combien ex-
travagans ont été juſqu'à preſent
leurs conſeils, & qu'ils ne ſe met-
tent pas encore en état de chercher des remedes propres à éteindre cet embraſement, qui ne manquera pas de s'étendre par toute la
Chrétienté. Tous ces maux ne
viennent, que de la mechanceté
& de la corruption de ceux qui
ont de l'autorité auprés des Rois
& des Princes: car tant ceux qui
ſe ſont enrichis des biens d'Egliſe;

que ceux que le Pape a corrompu
par des prefens, dans le deſſein
qu'ils ont d'agrandir leur autorité & d'aſſouvir leur ambition,
donnent des conſeils à leurs Princes, bien qu'ils n'ignorent pas
qu'ils font defavantageux au bien
public. Les Marchans qui ont
trafiqué juſqu'à preſent dans les
Païs Bas, demandent au Roy, que
les-mémes privileges qu'ils ont
eu à Anvers, leur ſoient accordés
dans toutes les villes maritimes
de France, & promettent de tran-
ſporter le commerce qui y étoit.
Il y a un mois que Mr. de Montigni frere du Comte de Horn, Envoyé des Etats des Païs Bas au
Roy d'Eſpagne pour luy dire les
raiſons qui les ont empeché de recevoir l'inquiſition d'Eſpagne,
paſſa icy. Le Marquis de Bergue
qui s'en va en Eſpagne pour le
mé-

même sujet, est parti aujourd'huy
de cette ville : Il y en a plusieurs
qui croyent qu'il ne fait pas bien
de se fier aux Espagnols en l'état
où sont les affaires. Lors que je fus
de retour d'Ausbourg, on faisoit
encore courir le bruit du mariage
de la Reine d'Angleterre avec
l'Archiduc Charles. Tous les Anglois qui sont icy, & même l'Ambassadeur de la Reine assûrent que
l'affaire est presque faite. Le Comte de Sussex avoit été choisi pour
porter l'ordre de la Jarretiere à
l'Empereur au nom de la Reine,
& de terminer tout le different.
On le croyoit d'autant mieux, que
le Comte d'Ormond, qui est un
Irlandois extrémement bien fait
& jeune, sembloit être déja plus
avant dans la faveur de la Reine
que Robert ; aussi le Comte de Sussex, dont j'ay déja fait mention,

le

le fit appeller en duël, par je ne
fay quelle raifon. Le Duc de Nort-
folc, qui eft en grand credit en Angleterre, luy fit auffi une cruelle
cenfure, & luy reprocha, qu'il em-
péchoit le mariage de la Reine,
par des voyes qui n'étoient pas legitimes ; ce qui avoit obligé Robert à s'éloigner de la Cour. La
Reine avoit encore ordonné, que
tous les Predicateurs porteroient
en préchant le furpelis & le bon-
net quarré ; on croyoit méme
qu'elle poufferoit les chofes plus
avant, & il fembloit que tout cela
fe faifoit en faveur de l'Archiduc
Charles. Ce bruit comence pourtant déja à fe paffer, & on a fait des
difputes en Angleterre, touchant
les furpelis, & autres chofes indif-
ferentes qui caufent un grand
defordre dans les Eglifes; & la Reine qui ne pouvoit fouffrir plus
                              long-

long-tems l'abfence de Robert, l'a
rappellé à la Cour: lors qu'il fut
de retour, & qu'il falüa la Reine,
il baifa, felon la coûtume de cette
nation, toutes les Dames de qualité qui étoient auprés d'elle; &
comme il fe mefioit encore de la
faveur de la Reine, il n'ofa pas la
baifer,comme il avoit auparavant
accoûtumé de faire, & la Reine
s'en étant apperçëue s'approcha
de luy, & luy dit en riant, ne vous
parois-je pas digne de me donner
un baifé de méme qu'aux autres,
& en méme tems elle le baifa; tant
il eft facile aux amans de fe rac-
commoder. Un grand Seigneur
d'Irlande a commencé d'y faire la
guerre à la Reine d'Angleterre,
& bien qu'il n'ait pas beaucoup de
forces, les Anglois craignent,que
les Ecoffois ne luy envoyent du
fecours pour fomenter cette

guerre. Chriftofle Marggrave
de Bade, qui alla l'année paffée en
Angleterre avec fon Epoufe, qui
eft de Suede, fit beaucoup de dettes à Londres, & fes Creanciers
l'ayant preffé de les payer il leur
dit, qu'il vouloit aller en Allemagne, & qu'il en apporteroit de
l'argent pour les fatisfaire; ainfi il
partit pour l'Allemagne, & quelques mois après il revint fecrete-
ment en Angleterre, en habit de-
guifé, & tacha d'amener fa femme & fon fils, à l'infçû de fes Creanciers; qui l'ayant fait arrêter, je
ne fay comment, le firent mettre
en prifon, d'où il fortit peu de
tems après, ayant trouvé des
Marchans Allemans qui répondirent pour luy, à la priere de la Reine. La Reine d'Ecoffe accoucha
d'un Prince le dixneuvieme de
Juin, un peu avant huit heures du
ma-

matin ; Elle a prié le Roy de France & la Reine d'Angleterre de le
presenter au Batême. Le Duc Jean
Frideric & Grombac écrivirent
dernierement au Roy de France,
& tâchent de lui persuader qu'ils
sont haïs à cause de luy. Car ils disent, qu'il est assûré, que l'Empire
a resolu de redemander la ville de
Mets les armes à la main, bien que
cela ne se fasse pas cette année, &
qu'on le fait à present pour les accabler, afin que le Roy de France
ne puisse pas s'en servir si la neces-
sité le presse à lever des troupes en
Allemagne ; d'où il est aisé à remarquer qu'on n'attaque Grombac, que parce qu'il est pensionai-
re du Roy, & qu'il est fort affectionné à la France, puisque dans
l'assemblée des Etats on n'avoit
rien ordonné de plus rude contre
Eric Duc de Brunsvic, qui avoit
fait

fait les femblables crimes, & même de plus grans que Grombac.
Ils difent encore, que l'Empereur
avoit fait favoir à Robert Rofem-
berg, de ne pas prendre en mau-
vaife part cette trop longue capti-
vité ; qu'il n'y avoit point de danger pour luy & qu'il ne l'avoit re-
tenu fi long-tems qu'à caufe de V.
A. E. Ce que l'on vient de dire de
la ville de Mets, a fait un peu de
peine au Roy, & je crois que le
Maréchal de Vieilleville partira
dans peu pour y aller. Lors que
j'entens parler de la forte. Je foû-
tiens le contraire de mon mieux,
fachant qu'il y en a plufieurs, qui
ont de la confiance en moy, & je
crois qu'ils n'ont obtenu du Roy
que des paroles. Le Roy peut bien
avoir écrit au Duc Jean Guillaume, de ne fe pas mêler de cette affaire ; mais je crois, qu'il ne l'a pas
fait

fait fort ferieufement, depeur qu'il
ne femble, que le Roy n'a point de
foin de fes Miniftres. Le Duc Jean
Guillaume a fait favoir au Roy,
qu'il viendroit en ce Païs fur la fin
d'Août, pour luy faire la reveren-
ce. Les Ambaffadeurs du Roy
de Suede font encore à la Cour de
Lorraine. On a ordonné icy une
difpute de deux Docteurs en Theo-
logie Catholiques Romains, & de
deux predicateurs de nos Eglifes.
Ils ont deffein d'examiner la confeffion de foy, que nos Eglifes pre-
fenterent au Roy, il y a cinq ans.
Il n'y a pas eu, de memoire d'homme, une fi grande cherté de blé &
de vin, qu'à prefent: le boiffeau
de froment, qui fe vend icy ordi-
nairement deux livres ou deux livres & demy, fe vendit la femaine
paffée quinze livres, mais à prefent il rabaiffe un peu, & le tonneau

neau de vin, qui fe vend à l'ordinaire dix ou douze livres, fe vend
à préfent quarante ou cinquante.
J'auray foin de faire relier quelques livres pour V. A. E ; mais je
ne faurois les envoyer avant la
foire de Francfort, ne pouvant
le faire par les Païs-Bas. Dieu
conferve V. A. E. & toute fon illuftre Famille. A Paris le 12. Juillet 1566.

⁎

MONSEIGNEUR,

IL y a un mois que je vous ay
écrit les raifons, qui me font
penfer à retourner au Païs ; pourveu que j'en aye la permiffion de
V. A. E. Ie fuis venu icy pour favoir ce qu'elle en aura ordonné,
& je

& je la prie tres - humblement de
ne me pas priver en cette occasion de la bonté & de la clemence
ordinaire dont elle m'a toûjours
honoré. En quel lieu du monde
que je sois, je ne seray pas seulement prêt toute ma vie à employer tout ce que j'auray d'adresse
& de jugement au service de V. A.
E., mais encore, s'il en est besoin,
je ne balanceray pas d'y perdre la
vie: c'est l'incomparable vertu de
V. A. E. & les bienfaits sans nombre, que j'en ay receu, qui m'y
obligent par toute sorte de droit.
Que si Dieu me fait la grace de retourner au Païs sain & sauf, j'é-
spere que mes services y feront
beaucoup plus utiles à V. A. E.
qu'en ce Païs. Car à l'avenir il y
aura sans doute de grans change-
mens à la Cour de France, parce
que le Roy commence à se faire
grand

grand, & qu'il semble que les Espagnols par cette insensée desola-
tion des Païs-Bas éloignent d'eux,
les esprits de leurs sujets, & ôtent,
ou du moins ébranlent extrémement la barriere, qui a arrêté jusqu'à present la puissance de la
France. C'est pourquoy je crois
qu'il ne sera pas inutile à V. A. E.
d'avoir icy quelqu'un qui luy écrive de tems en tems ce qui s'y passe, & qui soûtienne l'autorité de
V. A. E. contre les calomnies de
ses ennemis; surtout en ce tems,
où l'envie, qui ne pût pas s'empêcher d'accompagner les heureux
succés, que la bonté de Dieu ac-
corda dernierement à la vertu de
V. A. E. lors qu'elle arréta la fu-
reur de ceux, qui faisoient tous
leurs efforts, pour renverser de
fond en comble toute l'Allemagne, n'est pas encore éteinte. Que
si,

si, à cause de nos pechés, Dieu vouloit nous ôter la liberté de religion, que nous avons à present en France, je prie tres-humblement V. A. E. de me permettre de demeurer dans le même païs, où j'ay demeuré jusqu'icy. Et comme je ne saurois voyager à present en Allemagne sans péril, il me seroit bien commode si cela pouvoit se faire sans déplaire à V. A. E. d'aller à la foire de Francfort, qui se tiendra bientôt, où je pourrois aussi apprendre quelque chose des affaires étrangeres, qu'il ne seroit peut-être pas inutile de faire savoir à V. A. E. Je prie Dieu de tout mon cœur, qu'il preserve par sa bonté V. A. E. avec toute son illustre Famille des pieges de ceux à qui la prosperité & la tranquillité de l'Etat sont pernicieux, & qu'il conserve en elle

C   le

le même esprit pour l'Eglise de Dieu & pour l'Etat, que nous luy avons remarqué jusqu'à present, avec un extrême plaisir, & dont nous avons témoigné nôtre joye à l'Allemagne. Le 12. Août 1597.

*

MONSEIGNEUR,

LEs Principaux des Païs-Bas ont par leur lâcheté plongé leur Patrie, & eux-mêmes dans un abîme de malheurs, & dans un miserable esclavage. Lors que les Espagnols eurent fait arrêter prisonniers les Comtes d'Egmont, de Horn, le Consul d'Anvers, & plusieurs autres Gentis-hommes, & qu'ils eurent mandé le fils du Prince d'Orange, qui faisoit ses études à Louvain ; ils ne dissimulerent

rent pas si long-tems que nous le
pensions, ce qu'ils avoient dans
l'esprit. Ils ont encore fait mourir dans les suplices deux fils du
Baron de Battemberg, qui étoient
deux jeunes hommes fort bien
faits, & dix ou douze autres ont eu
le même sort; avant que de l'entreprendre, ils mirent des garnisons Espagnoles dans Bruxelles,
Gand, Anguien, Lire & Diest.
Ils ont quarante Compagnies
d'Infanterie Allemande en forme
de garnison dans Anvers, & dans
les autres villes, dont ils se mé-
fient. Le Prince d'Orange en a
fort prudemment agi, de n'être
pas venu aux ordres qu'on luy en
avoit donné. Le Marquis de Bergue & Mr. de Montigni frere du
Comte de Horn, qui étoient allés
il y a un an en Espagne, en qualité
d'Envoyés des Etats des Païs-Bas,

y

y sont morts: les Espagnols disent
qu'ils sont morts de maladie, &
les autres croyent, qu'on les a fait
mourir secretement, & il y a beaucoup plus d'apparence, puis qu'ils
étoient tous deux en parfaite santé, & encore à la fleur de leur âge.
On croit que le Duc d'Albe envoyera en Espagne le Comte d'Egmond & les autres prisonniers;
sur tout à present que l'on tient
presque pour asseuré que le Roy
ne viendra pas dans les Païs-Bas.
Le Duc de Parme aura à l'avenir
la conduite des affaires civiles de
l'Etat, & le Duc d'Albe comman-
dera les armées. On a defendu sur
peine de la vie à toute la Noblesse,
de sortir des terres de la domination du Roy, n'y d'avoir aucun
commerce avec les étrangers.
Les affaires commencent de nouveau à se broüiller en France.
Ceux

Ceux qui font profession de nôtre
Religion, voyant que la Reine &
ceux qui ont le gouvernement
des affaires, les traitoient encore
plus mal qu'auparavant; depuis
que les Espagnols ont passé les Alpes, & qu'on faisoit entrer peu à
peu des troupes étrangeres en
France, pour les mettre, s'il faut
ainsi dire, à la chaine, ont resolu
de conserver leur liberté par les
armes, & ils se preparoient à la
guerre, lors que les Marchans qui
ont été icy partirent de France,
Cependant le Connétable & quelques autres employent tous leurs
soins à éteindre cet embrasement.
Nous ne savons pas ce qui est arrivé depuis ce tems-là; car les
bruits differens que l'on en fait
courir icy me semblent fort in-
certains. On ne doute presque
plus que les Princes Catholiques

C 3 n'a-

n'ayent fait une ligue entre eux
pour accabler ceux qui se font se-
parés de l'Eglise Romaine : & tout
le monde affûre que l'Empereur
est entré dans cette ligue, quoy
qu'il n'en fasse pas le semblant. Je
n'écris pas volontiers ces sortes
de choses ; mais pourtant la fidelité que je dois à V. A. E. m'y obli-
ge : & je crois qu'elle fera fort
bien, de prendre garde de plus
prés à ses actions, & de ne pas a-
joûter trop de foy à ses paroles. Le
Roy de France à qui on a proposé
d'entrer dans cette ligue, a long-
tems refusé de le faire ; mais il y en
a plusieurs qui croyent, qu'il a eu
pour eux cette complaisance, lors
qu'il a appris que les affaires des
nôtres ont été entierement rui-
nées dans les Païs-Bas. Des personnes dignes de foy m'ont ecrit
de France, que l'Electeur Palatin
& le

& le Duc de Virtemberg, tant pour
eux, qu'au nom de quelques autres Princes, ont proposé de faire
alliance avec le Roy de France: je
ne say pas ce qu'on a répondu, à
leurs Envoyés; mais je say bien,
que lors que l'on proposa cette affaire au conseil du Roy, il y en eut
plusieurs qui exhorterent le Roy
d'y entrer, pourveu que V. A. E.
voulût s'y joindre. Je ne say si
tout cela se dit de bonne foy. Si je
puis apprendre quelque chose de
plus certain, je l'écriray par un
Exprés à V. A. E.: car il me semble, que la chose est d'assés grande
importance. Il y a deux mois,
qu'on travaille tout de bon à la
Cour de France au mariage du
Roy: & je say que la plûpart de
ceux qui ont le plus d'autorité ont
été d'avis, qu'il seroit tres-avanta-
geux au Roy & au Royaume de

C 4 re-

rechercher l'alliance de V. A. E. ;
& il semble que la Reine a approu-
vé ce sentiment. Entre autres raisons c'est peut-être, parce qu'il n'y
a pas long-tems que le Roy d'E-
spagne envoya Louis Vanegne
à l'Empereur, pour conclurre le
mariage du fils du Roy d'Espagne
avec la fille aînée de l'Empereur,
& pour traiter du mariage de la
puînée avec le Roy de Portugal.
J'écris cela de la sorte, parce que
je le crois tout-à-fait veritable;
bien que V. A. E. puisse facilement
en apprendre la verité de la Cour
de l'Empereur. On celebre à present les nôces du Duc de Baviere
avec la Princesse de Lorraine dans
la ville de Blancberg, parce que
la peste est à Nancy & dans le voisinage. Il n'est point venu de Prince étranger à ces nôces. Et dés
qu'elles ont été finies, le Duc de
Lor-

Lorraine eſt parti pour ſe rendre
auprés du Roy de France. On
croit que Caſimir fils de l'Electeur
Palatin épouſera la fille du Duc de
Virtemberg chés qui il eſt à preſent, & le fils du Duc de Virtemberg la fille de l'Electeur Palatin.
Je crois que V. A. E. n'ignore pas
le deſſein que l'on a, de démettre
l'Archevéque de Cologne. Il y en
a beaucoup qui croyent, que le
Cardinal d'Augsbourg tâche de
s'introduire ſecretement dans cet
Evéché, par le moyen du Pape &
du Roy d'Eſpagne. Je viens d'apprendre qu'Erneſt de Mandelsloë,
Juſte de Zebits, & Mr. Pflug ſont
à Paris. Si j'apprens pour certain
que la France eſt en trouble, je de-
meureray à Strasbourg, ou en
quelque autre endroit du voiſinage, d'où j'écriray à V. A. E. Je
ſouhaite toute ſorte de proſperité

à V. A. E & à toute son illustre Famille. A Francfort le 12. Septembre 1567.

MONSEIGNEUR,

EN partant de Francfort, je pris la droite route de Paris, & lors que je fus arrivé dans la Lorraine, j'appris que la guerre de Religion se rallumoit en France, & que tout y étoit en desordre : Cela ne m'arreta pourtant pas, je continuay mon voyage jusqu'aux frontieres de France, & je m'arrêtay pendant quelques jours dans la ville de Barleduc, pour apprendre quelque chose de plus assuré de ces troubles, & de ce qui en est la cause : mais, m'étant apperçû que je ne

ne pouvois paſſer plus avant
ſans m'expoſer à un danger inevi-
table, & même, que je ne pourrois
peut-être pas m'en retirer ſûre-
ment, ſi j'y demeurois plus long-
tems, je m'en ſuis retourné icy,
d'où je pourray plus commodement que d'aucun autre lieu é-
crire à V. A. E. les cauſes & les
ſuites de cette triſte tragedie, ce
que je n'aurois pas pû faire, ſi j'é-
tois allé plus loin. On dit que la veritable raiſon qui a obligé ceux de
nôtre Religion à prendre les armes eſt qu'ils ont ſû de bonne
part, que le Pape & les autres
Princes, qui s'étoient liguées contre la vraye Religion, après l'a-
voir ruinée dans les Païs-Bas, a-
voient reſolu d'eſſayer d'en faire
de même en France, & enſuite
dans les autres Païs. C'eſt pourquoy pour pouſſer l'affaire à bout
le

le Roy avoit levé vingt Compagnies de Suiſſes : & lorsqu'il eut appris qu'ils étoient arrivés en France, il donna ordre à ſa Cavallerie, qu'il tient toûjours à ſa ſolde, de ſe rendre à Paris le vingtieme de ce mois ; qui étoit le tems qu'il avoit choiſi pour commencer cette execution contre les nôtres, & pour s'aſſûrer des principaux d'entre eux, ſur tout du Prince de Condé & de l'Admiral : mais à l'égard des autres, il avoit reſolu de leur propoſer les decrets du Concile de Trente. Quand je nomme le Roy, je parle de ceux qui preſident au Gouvernement : car ils ont ſouvent conclu à leur plaiſir des choſes dont le Roy n'a point eu de connoiſſance, & je viens d'apprendre que le Roy n'y étoit pas preſent, lorsqu'on a reſolu de ſe ſaiſir d'eux. Les nôtres
ayant

ayant appris cette resolution , &
sachant fort bien que c'en seroit
fait d'eux , si la Cavallerie du Roy
venoit à joindre les Suisses ; principalement le Duc d'Albe, qui n'é-
toit pas loin de là, ayant des trouppes bien agguerries, ont crû qu'il
valoit mieux entreprendre tout
d'un coup quelque chose , & prevenir les ennemis par leur vîtesse,
que de se mettre par leur negli-
gence entre leurs mains , pour en
étre égorgés.   C'est pourquoy ils
firent savoir à la Noblesse de leur
party , de se mettre incessamment
sous les armes , & de s'assembler
auprés de Paris , cela se fit avec
tant de joye , que dans deux ou
trois jours il s'assembla prés de Paris jusqu'à quatre ou cinq mille
chevaux, & il s'en falut de peu que
le Roy & les Suisses ne fussent fermés hors de la ville, où ils se reti-
                                    re-

rerent tous effrayés : icela se paſſa
le vingtieme jour & les ſuivans du
mois paſſé. Le Cardinal de Lorraine qui étoit venu à la Cour
pour avancer ces pernicieux conſeils, ayant appris que les nôtres
s'aſſembloient, abandonna le Roy
& ſe ſauva à Reims avec le jeune
Guiſe, & de là à Châlons : mais il
s'en falut de peu qu'en traverſant
la Marne, il ne fut pris par trente
Cavalliers, qui pillerent une bonne partie de ſon bagage. Le Roy
voyant qu'il étoit aſſiegé dans Paris, & qu'il en arrivoit tous les
jours en foule de tous les endroits
du Royaume auprés du Prince de
Condé, luy envoya de méme
qu'aux autres le Chancelier & Mr.
du Mortier, pour leur demander
le ſujet qu'ils avoient de ſe ſoulever ? Les nôtres répondirent
qu'ils n'ignoroient pas le deſſein
qu'on

qu'on avoit de les perdre ; & de
plus, que tout le monde savoit,
que tous les honnêtes gens d'entre la Noblesse étoient exclus du
Gouvernement, & qu'on levoit
tous les jours de nouveaux impôts, par lesquels non-seulement
le peuple, mais encore la Noblesse
étoient accablés & reduits à la ser-
vitude ; & que cependant le Roy
avoit toûjours besoin d'argent,
bien qu'il ne payât point de dettes.
Qu'on n'accusoit pourtant pas le
Roy de toutes ces choses ; mais
qu'on en accusoit ceux qui en abu-
soient sous son autorité. Que s'ils
avoient pris les armes, ce n'étoit
que pour se conserver pour defendre la liberté de Religion,
qu'on leur avoit accordée, & pour
delivrer le peuple de tant de misé-
res. Le Roy, pour prevenir ces
choses, fit publier un Edit de paix
au

au commencement du mois de
Septembre: ce qui fut cause qu'on
écrivit à Francfort sur la fin de la
foire, que ce commencement de
troubles étoient appaisé en France, & c'est ce que j'ay écrit à V. A.
E. Dés que les Envoyés du Roy
ont été partis d'auprés du Prince
de Condé, il a fait brûler tous les
moulins à vent, dont il y a grand
nombre aux environs de Paris, &
s'est ensuite retiré à St. Denis. Il
y en a qui disent, qu'il s'étoit emparé des Fauxbourgs de Paris;
mais nous n'osons pas encore l'as-
sûrer. Nous ne savons pas non
plus, ce qui s'est passé à Paris depuis ce tems là: car il y a tant de
danger sur la route que personne
n'ose se mettre en chemin. Mais
nous savons de bonne part, qu'il
arrive dans le camp des nôtres
tant de Cavallerie & d'Infanterie
de

de tous les endroits du Royaume,
que je crois qu'ils ont à l'heure
qu'il est près de trente mille hommes aux environs de Paris: & il
n'y a point de troupes en France,
que je sache, qui s'assemblent au
nom du Roy. On dit que la mere,
& les freres du Roy, le Cardinal
de Bourbon, le Duc de Montpen-
sier, le Connétable avec ses fils, le
Duc d'Aumale, le Duc de Né-
mours, & plusieurs autres grans
Seigneurs sont enfermés dans
Paris avec le Roy. Ceux de nôtre
parti se sont emparés presque de
toutes les villes qui sont sur la riviere de Seine & sur la Marne au
dessous & au dessus de Paris, & ils
assiegent la ville de si près, que l'on
ne sauroit y faire entrer un œuf.
Les nôtres ont encore plusieurs
villes en leur puissance, comme
Amiens, Saint Quintin, Bologne,

D   Mon-

Montrevil, Soiffons, & prefque
toutes les villes de Picardie. A
la feule prife d'Orleans on s'eft
battu fi cruellement, qu'il y a
eu prés de deux mille hommes
de tués dans ce combat ; les nôtres ont pourtant remporté la
victoire. On ne fait pas encore icy ce qui s'eft paffé dans la
Normandie, dans la Bretagne,
dans la Guienne, & dans les autres Provinces les plus reculées :
nous favons qu'à Lion les nôtres ont été defaits par leur propre faute par les Catholiques :
car doutant de leurs forces, ils eurent peur, & au lieu d'aller de concert avec les autres, ils aimerent
mieux fe mettre à la difcretion des
Catholiques, qui les accablerent
avec une extréme cruauté. Cependant les nôtres s'emparerent
de Mâcon & de Vienne qui font
deux

deux Villes voisines au dessus &
au dessous de Lion sur la Saône &
sur le Rône; & ils tiennent presque toutes les villes du Dauphiné,
& celles qui sont depuis le Rône
jusqu'aux monts Pyrenées. On
dit, qu'ils se sont aussi emparés
d'Avignon; mais nous n'en som-
mes pas encore assûrês. On a de la
peine à croire qu'on puisse lever
des Trouppes en France, qui
soient capables de faire lever le
siege & de delivrer le Roy: c'est
pourquoy il demande incessamment du secours à toutes les puis-
sances étrangeres. Le Rhingrave
a bien ordre de lever vingt Compagnies d'Infanterie dans le voisinage; mais je viens d'apprendre,
qu'il n'a point d'argent. Le Roy
demande aux Suisses dix mille
hommes de pié, outre les six mille qu'il a déja; mais j'ay de la pei-

D 2   en

ne à croire qu'il les obtiene : car
les Cantons qui sont de nôtre Religion, rappellent ceux qu'ils ont
en France, & commandent sur
peine de la vie, à tous ceux qui
sont de leur dependence de s'é-
quipper d'armes & de tout ce qui
est necessaire à la guerre, pour
être prêts, lors que le Magistrat
aura besoin d'eux. Je ne crois pas
que les Cantons Catholiques osent
envoyer autant des leurs ; surtout
à present qu'ils voyent en armes
ceux de Zuric, de Berne, de Bâle,
de Schafhausen, les Grisons, les
Vaudois, les Cantons Catholiques sont pourtant tombés d'accord à Lucerne, de deliberer s'ils
envoyeront au Roy les trouppes
qu'il demande ; mais nous ne savons pas encore ce qu'ils ont resolu. Je crois que V. A. E. a des
nouvelles plus assûrées que nous
de

de la Cavallerie que le Duc Jean
Casimir fils de l'Electeur Palatin
leve pour les nôtres en Allemagne; c'est pourquoy il n'est pas
necessaire que j'en écrive. J'ay
grand peur que la guerre ne tire
en longueur, & que les nôtres n'a-
yent de la peine à nourrir un si
grand nombre de trouppes en un
même lieu: l'abondance est pourtant dans tout le Royaume de
France, & il y a quantité de riviè-
res, par le moyen desquelles on
peut commodement transporter
des vivres des Païs les plus éloi-
gnés. Au commencement de ces
troubles, le Roy commanda à
Vieilleville de se retirer à Mets;
mais il n'eût pas plûtôt donné cet
ordre, qu'il apprît, que la plûpart de la garnison ayant abandonné la ville, étoit parti pour aller joindre le Prince de Condé.

D 3   c'est

c'est pourquoy il luy écrivit de
casser tous les soldats de nôtre religion, & principalement Osance,
Gouverneur de la ville & Cheva-
lier de l'ordre du Roy, & de mettre des Catholiques à leur place.
Les nôtres interceptèrent les lettres, avant que Vieilleville les eut
reçues, & les envoyerent à Osance; qui, ayant appris les desseins
qu'on avoit, le fit savoir à ceux de
nôtre Religion, qui prirent d'a-
bord les armes, & il s'en fallut de
peu, qu'ils n'attaquassent les Catholiques. Les Prêtres & les principaux Catholiques s'enfuïrent
d'abord au Château, mais sur la
parole d'Osance, ils s'en retourne-
rent bientôt dans la ville. Nous
avons appris qu'Osance avoit fait
dire au Gouverneur de la forteresse, de choisir celle des deux
portes de la place, qui luy plairoit:

car

car il ne souffriroit pas, qu'illes
eut libres toutes deux, de peur
qu'il ne fit entrer des soldats dans
la ville par la forteresse. On dit
qu'il a choisi celle qui conduit
hors de la ville, & qu'Osance avoit
fait jetter des pierres d'une pesan-
teur excessive à celle qui conduit
dans la ville. Vieilleville étoit arrivé à six lieuës de la ville, & a-
yant appris ce qui s'y étoit passé,
& que l'Intendant de sa maison
qu'il avoit envoyé devant pour
luy preparer un logis, avoit été
tué en chemin, voyant que tout
étoit desesperé, s'en est retourné & s'est retiré à Verdun. Il étoit
sorti quelque Cavallerie de Mets,
qui l'auroient peut-être pris, s'il
n'avoit pas fait diligence; mais à
ce que j'ay appris, ils en vouloient
particulierement un certain Evéque qui étoit avec luy, que le Roy

en-

envoyoit en Allemagne, pour faire savoir aux Princes Allemans les causes de cette guerre. Personne jusqu'à present n'a pû me dire son nom; mais je me doute bien que c'étoit celuy de Roüen, qui rendit visite à V. A. E. à Augsbourg. Il n'y a pas long tems qu'il est arrivé un accident fâcheux prés de la ville de Mets. Daniel Osiandre, Suisse, qui avoit fait les affaires du Duc Iean Guillaume, depuis plusieurs années en France, étant parti il y a trois semaines de la Cour, avec ordre à son Prince, à ce que plusieurs disent, de lever trois ou quatre mille chevaux, prit la route de Mets: où ayant dit certaines choses pendant le soupé, avec assés d'imprudence, quelques-uns entrerent en soupçon de ce que c'étoit; & le lendemain l'ayant attendu sur son chemin,

lors

lors qu'il eut fait quelques lieuës,
ils l'attaquerent & le tuerent avec
son valet prés de la ville de saint
Avaux, qui appartient au Comte
Jean de Naſſau. On dit qu'on luy
a derobé quatre mille écus, bien
qu'on n'ait pas trouvé ſon corps;
mais je crois que le guide qu'il a-
voit loüé à Mets l'a rapporté, car
il s'eſt ſauvé. Ce Daniel étoit un
homme d'eſprit & adroit, & le Duc
Jean Guillaume aura de la peine
d'en trouver un qui l'égale. Je re-
grette ſon ſort, car il y a quelques
années que nous avions fait amitié enſemble. On m'a dit en Lorraine que Mandelsloe & ſes Com-
pagnons y avoient été au comen-
cement d'Août, & qu'ils étoient
dixhuit Cavalliers. Ils ſe ſont ar-
rétés trois jours à Nancy, où le
Duc de Lorraine les a magnifi-
quement reçûs, & a payé toute

la

la dépenſe qu'ils ont faite pendant
le tems qu'ils ont été dans ſes E-
tats. Lors qu'ils fürent à Paris ils
logerent à la Croix de fer, où les
Allemans ont accoutumé de lo-
ger; dés que les Bourgeois en furent avertis, ils s'en allerent à leur
logis en tumulte, & commande-
rent à l'hôte de les mettre hors de
chés luy: & refuſant de le faire,
diſant, qu'il leur avoit loüé une
partie de ſa maiſon, les Bourgeois
le menacerent de faire murer les
portes de ſon logis; & alors il s'en
fallut de peu, qu'ils n'y entraſſent
de force. Aprés cela Mandeſloë
s'en alla chés le Roy pour ſe plaindre de cet affront, à ce qu'il diſoit,
mais je crois que c'étoit dans l'eſperance, qu'il avoit de pouvoir
obtenir un ordre de lever des
trouppes, voyant que ce tumulte
s'augmentoit toûjours, il en fit
en-

encore demême à Paris avec fon
grand ami Pierre Clair. Lors qu'il
s'en retournoit de la Cour à Paris,
il tomba dans un certain village
entre les mains de quelques
Cavalliers du Prince de Condé, qui blefferent fon valet & luy-
même fut amené prifonnier au
camp du Prince de Condé, où il
fut arrêté pendant quatre jours,
aprés quoy on le laiffa libre, & il
fe retira à Paris. Il y en a quelques-uns qui m'ont dit, qu'on a
vû prés d'icy depuis quelques
jours, Iodoc de Zebits & Pierre
Clair, & qu'ils font envoyés de la
part du Roy pour lever des foldats: je n'en ay pourtant rien pû
apprendre d'affûré jufqu'à prefent; fi je puis en apprendre quelque chofe, j'en donneray au plûtôt avis à V. A. E. Voilà ce que
j'ay pû jufqu'à prefent apprendre
de

de ces defordres, perfonne ne paffe par icy, qui ait connoiffance de
ces affaires, que je ne l'interroge
avec foin, & pour avoir occafion
de voir beaucoup de gens, je loge
dans une hôtellerie publique, où
les étrangers logent ordinaire-
ment & principalement les François. Je vois auffi tous les jours
ceux à qui on écrit de ces affaires,
& j'écris à ceux que je connois
dans les villes voifines, de m'avertir de ce qu'ils entendent dire;
mais il arrive le plus fouvent
qu'ils écrivent des chofes de
neant. Je crois que ces defordres
regardent toute la Chrêtienté, &
que fi les nôtres n'achevent bientôt, ce qu'ils ont entrepris, tous
les Princes Catholiques affemble-
ront infailliblement toutes leurs
forces pour les accabler; &
quand ils les auront accablés, ils at-
ta-

taqueront les autres, qui font pro-
feſſion de la même religion ; comme preſque tout le monde ſait,
qu'ils ont reſolu de le faire. Quoy
qu'il en ſoit, la France eſt tout-à-
fait perduë, à moins que Dieu ne
la conſerve, & que cela ſe faſſe par
des moyens qui nous ſont incon-
nus, comme il eſt quelquefois arrivé de nôtre tems. Les nôtres
n'ont aucune autre eſperance de
ſalut, qu'en la victoire ; car ſi ceux
qui ont gouverné juſqu'à preſent
ont l'avantage, ils les condamne-
ront tous comme des traîtres. Il
y en a pourtant un ſi grand nombre, & dans cet état deſeſperé ils
ont tant de courage, qu'ils ne ſau-
roient être entierement accablés,
à moins que la France ne ſoit ſi af-
foiblie, qu'elle ne puiſſe pas égaler
la puiſſance d'Eſpagne. Quelques-
uns croyent que les Princes d'Alle-
ma-

magne feroiẽt fort bien de se porter pour arbitres des differens du
Roy & de ses sujets, & pour cet
effet d'envoyer une magnifique
Ambassade en France. V. A. E.
y pourra faire reflexion. Je n'écris
rien de la Cavallerie, que l'on dit
que le Duc Jean Casimir fils de l'E-
lecteur Palatin leve pour les nôtres: car je ne doute pas que V. A.
E. n'en ait des nouvelles plus af-
sûrées que nous n'en avons icy.
Le Duc d'Albe rappelle les soldats
sujets du Roy d'Espagne qu'il a-
voit licentiés il y a trois mois, où
pour donner du secours au Roy de
France, où parce qu'il craint, que
si les affaires s'accommodent à
Paris cette tempête ne tombe
dans les Païs-Bas. On a peur, que
l'Archiduc Ferdinand ne vienne
en ce Païs, & on croit qu'il châtie-
ra ceux du Hainaut à cause de leur
chan-

changement de Religion. Il arri-
vera le vingt-sixieme de ce mois à
Fribourg en Brisgau. On dit que
dans la formule du serment, qu'il
fait faire à ceux qui ont des fiefs
de luy, il y fait comprendre l'ap-
probation du Concile de Trente.
Dans le tems que j'écrivois cette
lettre, un de mes amis qui s'est ar-
rété cinq jours à Kaisers-Lautern
est venu me voir; il dit qu'il a appris du Gouverneur de cette ville-
là, qu'Ernest de Mandelsloe y a-
avoit passé le jour precedent, &
qu'il est asseurement en Allemagne : celuy qui me l'a dit est digne
de foy. Le même homme m'a
montré, ce que le Prince de Condé & ceux de son parti demandent
au Roy par une seconde requette,
voyant que ce que le Roy avoit re-
pondu à celle qu'ils luy avoient
presentée dés le commencement
des

des defordres, ne les fatisfaifoit
point du tout. Mais parce qu'il
n'a pas voulu me permettre de
prendre une copie de ce qu'il me
montroit, je le diray en peu de
mots à V. A. E autant que ma mé-
moire pourra me le permettre, &
je luy en envoyeray enfuite une
copie dès le moment que j'auray
pû la recouvrer. Ils difent en premier lieu, qu'ils ont été contraints
de prendre les armes pour fe defendre eux-mémes, & la liberté de
Religion qui leur avoit été don-
née, parce qu'ils favoient tort bien
que des fcelerats, & particulierement les Guifars les avoient mis fi
mal dans l'efprit du Roy par leurs
calomnies & par leurs rapports,
qu'il avoit refolu de les accabler;
& que pour cet effet il avoit fait lever des foldats dans les Païs étrangers. C'eft pourquoy ils le prient
de

de suivre l'exemple de ses prede-
cesseurs, de ne se fier plus aux
troupes étrangères qu'aux sien-
nes propres; de congedier celles
qu'il avoit déja levées, & de faire
souffrir aux calomniateurs qui a-
voient si cruellement offensé leur
honneur & leur reputation, des
peines proportionnées à leurs crimes. Et parce que l'Edit de paix
par lequel la liberté de Religion
leur est accordée est tellement re-
serré de restrictions & d'explications, qu'il ne leur reste presque
plus que le simple nom de liberté
de Religion sans aucun effet, &
que ces sortes d'explications donnent lieu aux chefs de justice, de
les tourmenter, ils demandent au
Roy, que pour ôter toutes les causes de division & de dispute, il leur
accorde simplement la liberté de
Religion sans distinction de lieu

E   ny

ny de personnes. Ils representent
encore au Roy, que la Noblesse est
extrémement offensée de voir,
que l'on donne les honneurs & les
dignités à des gens qui en sont in-
dignes, & tout-à-fait incapables
d'affaires ; & que ceux qui sont
continuellement auprés du Roy,
sont, ou des gens de basse naissance, ou des gens sans vertu, ou sans
aucun exercice des armes ; ce qui
est indigne d'un si grand Roy. Que
si quelques-uns de ceux de nôtre
Religion ont été élevés depuis
plusieurs années à quelques dignités, l'exercice en demeure
pourtant chés les autres, & chés
eux, il n'en demeure que le nom ;
C'est pourquoy ils prient le Roy,
de se servir dans le maniement de
ses affaires, de l'aide & des conseils de ceux qui peuvent bien s'en
acquiter, plûtôt que de ces sortes
de

de gens, & de faire voir qu'il ne se
fie pas moins à ceux de nôtre Religion qu'aux autres. Enfin parceque les ordres du Royaume, &
particulierement le peuple, se
plaignent griefvement des charges & des impôts, qu'on invente
tous les jours pour les accabler,
& qui croissent par la maudite in-
vention des étrangers, & sur tout
des Italiens, qui par ce moyen a-
massent des richesses immenses,
& comme des sangsuës tirent le
sang du peuple, sans que de cet
argent il en soit employé la moindre chose au profit du Roy ny du
Royaume; ils prient le Roy de
les decharger de ces sortes d'impôts, & de retablir l'ancienne
franchise. Et afin que toutes les
choses soient examinées & faites
plus à propos, ils prient le Roy de
faire assembler les Etats du Roy-

aume, puis qu'il semble que la ne-
cessité le demande, & qu'il est
constant qu'on les a souvent as-
semblés pour des raisons de moindre importance, Voilà MONSEI-
GNEUR, ce que je puis à present
vous faire savoir de ces affaires,
j'ay dessein de m'arrêter encore
quelque tems en cette ville d'où
j'écriray à V. A. E. quand l'occasion s'en presentera. Je souhaite
toute sorte de bonheur & de prosperité à V. A. E. & à toute son illustre famille. A Strasbourg le 22.
Octobre 1567.

⁎

MONSEIGNEUR,

NOus ne savons pas icy, où est à
present l'armée du Prince de
Condé. On dit que lors qu'il partit

tit de Lorraine il avoit pourfuivi
l'armée du Roy jufqu'à Autun en
Bourgogne, & qu'il avoit tué trois
mille homes de fon arriere garde;
mais je n'ofe pas l'affûrer. Lors
que le Prince de Condé paffoit prés
de la Comté de Bourgogne, qui
appartient au Roy d'Efpagne,
on y leva des troupes en defordre
pour mettre en garnifon dans les
villes, mais il prit fa route d'un
autre côté. On dit que le Pape &
tous les Princes d'Italie, excepté
les Venitiens, ont fait une ligue
pour accabler les nôtres en France : le Pape a dix mille hommes à
Civita-Vecchia, qui eft prés de la
mer de Tofcane, qu'il a deffein
d'envoyer en France du côté de
Narbonne. Les troupes des autres s'affemblent à Milan, d'où
elles iront à Lion par les Alpes.
Les troupes du Duc Jean Guillau-

me, les quinze cens Chevaux du
Rhingrave, les mille du Baron de
Betstein ont passé en revûë auprés
du Cloître de Beaulieu, qui est
presque à moitié chemin de Verdun à Châlon. On dit que le Duc
Jean Guillaume a reçû à Saint Ma-
ximin, qui est un Monastere proche du Païs du Duc de deux-Ponts,
trente mille écus qu'on a envoyé
de Paris, quarante mille livres au
Rhingrave & à l'autre. J'envoye
à V. A. E. des Edits que le Roy de
France a fait depuis peu, qui font
assés voir qu'on ne doit point du
tout s'attendre à la paix. On met
de nouveau sur le tapis le mariage
du Roy de France avec la fille puînée de l'Empereur. Je crois que
la mere du Duc de Lorraine a
quelque commission de négocier
cette affaire. Monsieur de Lansac
Gouverneur du Roy partira dans
　　　　　　　　　　　　　deux

deux ou trois femaines, pour fe
rendre à la Cour de l'Empereur
pour cette negociation, & Sanfe-
verin a été déja envoyé devant,
pour averrir l'Empereur de fon
arrivée. Ceux qui fe piquent icy
de penetrer les affaires, ont
peur des nôçés du Duc de Baviere,
& ils craignent fort, qu'on n'y
traite de quelque affaire qui n'ap-
partiene pas aux nôces, & qui
tende à la ruïne des honnétes
gens; Dieu veuille que ce malheur n'arrive pas. Le Duc de Lorraine a fait favoir au Duc de Baviere par le Comte de Salms, qui
paffa icy, il y a deux jours, qu'il ne
pouvoit pas étre prefent à fes nôces comme il l'avoit promis, à
caufe des troubles de France. La
plûpart de fon païs a été defolé
par les armées qu'on y a fait paffer. Il femble que cette ville a fu-

jet de craindre pour elle : car le
Senat fait faire de nouveaux preparatifs, & emprunte de l'argent
de ses voisins, les Predicateurs ex-
hortent à present avec beaucoup
de soin le peuple, à prier Dieu
pour ceux qui sont sur le point de
perir en France, ce qu'ils ne faisoient pas il y a quelques semaines. On dit que le fils du Roy d'E-
spagne avoit resolu de s'en aller
dans les Païs-Bas, à l'insçû de son
pere, qui dés le moment qu'il en
fut averti le fit mettre en arrét
sous bonne garde. Je n'ay pas
appris, ce qu'il vouloit entreprendre dans les Païs-Bas ; mais si cela
est vray, ce pourroit bien être la
source de quelque grand malheur : car le pere & le fils ne se
fieront jamais l'un à l'autre, comme nous en avons des exemples
sans nombre dans les histoires. Il

y a deux mois qu'il paſſa par icy
un Gentilhomme Eſpagnol, qui
étoit un homme de conſequence,
experimenté en beaucoup de choſes, & à ce qu'il me ſembloit, homme de bonne foy. Il me dit qu'il
ſavoit de bonne part que le Prince
Charles avoit conçû une haine
violente contre le Duc d'Albe. Il
racontóit, que peu de tems auparavant que ce Duc partit d'E-
ſpagne, il envoya à ce Prince quelques fruits extrémement rares
dans un baſſin d'argent d'oré, &
que lors qu'on les luy preſenta, il
prit le baſſin & le jetta avec les
fruits par la fenétre qui étoit la
plus proche de luy, ſans dire la
moindre parole : ce qu'ayant été
redit au Duc d'Albe, j'ay à preſent
un Roy, dit-il, qui me ſuffira pour
toute ma vie. On croit en Italie,
qu'ils n'ont rien à craindre cette

E 5 an-

année du côté du Turc à cause de
la perte, qui ravage cruellement la
plus grande partie de ses Etats, &
particulierement Constantinople;
Cependant les Venitiens ne s'y
fient pas, & ils augmentent les
garnisons de leurs villes maritimes. Je souhaite toute sorte de
bonheur & de prosperité à V. A. E.
& à toute son illustre famille. A
Strasbourg le 22. Fevrier 1568.

⁎

MONSEIGNEUR,

IL semble que Dieu a enfin re-
gardé d'un œil de compassion
ceux qui étoient accablés en France de tant de maux, que les soûpirs
& les larmes étoient ce qu'ils avoient de plus doux; ou plûtôt, qu'il
a ex-

a exaucé la voix du sang innocent,
qu'on a versé à cause de son Nom,
avec tant d'injustice & de cruauté.
Car il a fléchi les cœurs de ceux
qui gouvernent l'état à la paix,
qu'on a enfin accordée à nôtre miserable & desolée patrie, après l'a-
voir tant de fois desirée par des
vœux les plus ardens. Nous ne
savons pas encore à quelles conditions elle a été accordée aux nôtres; mais quoy qu'il en soit, elles ne sauroient être pires que la
guerre, bien que tout leur y eut
heureusement reüssi. On dit,
que dés qu'on eut resolu de faire la
paix, la Cavallerie Allemande fut
prise à la solde, par je ne say qui.
Le Duc Jean Guillaume est allé à
Paris trouver le Roy, qu'il n'avoit
pas encore salué, & il y a fait venir sa femme qui étoit à Mets. Le
Duc Casimir n'a pas encore été

chés

chés le Roy. On dit que lors que
l'Electeur Palatin apprit que la
paix étoit faite, il fit tirer tout ce
qu'il y a de plus gros Canon dans
la Citadelle de Heidelberg. Lors
que le Cardinal de Lorraine
s'apperçût que tous les esprits
avoient du panchant à la paix, &
que l'embrasement qu'il avoit al-
lumé avec tant de soin, commen-
çoit à s'appaiser, voulant faire
voir qu'il tâchoit à l'éteindre, il
écrivit à ceux qui ont le soin des
affaires dans l'Evéché de Mets,
d'engager toutes les villes & les
villages de son Diocese à luy faire
quatre cens mille livres, qu'il vouloit, disoit-il, donner au Roy pour
payer les Troupes Allemandes.
C'étoit une adroite apparence de
liberalité ; car il savoit bien, qu'il
ne trouveroit personne qui luy
pretât de l'argent de cette maniere,

re, & que s'il en trouvoit, cette liberalité se feroit aux dépens d'autruy & non pas aux siens. La mort
du Duc de Guise ayant depuis cinq
ans redonné la paix à la France,
V. A. E. exhorta par ses Lettres la
Reine à la garder constamment &
de bonne foy, & luy promit du secours contre ceux qui se met-
troient en état de la troubler. Les
honnétes gens en furent si satisfaits, que le méme jour que je
rendis les lettres à la Reine, le
Chancelier étant à table, dit à ses
amis, qu'ils avoient reçû ce jour-
là des lettres d'Allemagne qui leur
avoient donné une joye extreme.
Si V. A. E. luy écrivoit à present
quelque chose de semblable, il n'y
a point de doute que cela la ren-
droit plus ferme, & la feroit resi-
ster avec plus de constance aux
pratiques des Espagnols & du Pape;

pe; qui n'oublieront rien, pour
troubler de nouveau le repos de la
France, come une chofe qui leur
eſt fatale, & renverſer ce qui ſera
bien établi par cette paix. J'ay été
douze ou treize jours à Dillen-
bourg, où le Prince d'Orange m'a
fait amplement inſtruire moy &
quelques autres des cauſes & des
commencemens des deſordres
des Païs-Bas, & des réponces
qu'il fit aux accuſations du Duc
d'Albe, dont j'eſpere qu'il écrira
dans peu de tems à V. A. E. autant
que je puis juger de ces affaires, il
n'a fait d'autre crime que celuy de
n'avoir pas voulu être le Miniſtre
de la tyrannie que les Eſpagnols
avoient depuis long-tems tâché
d'établir dans les Païs-Bas, & qu'ils
ont enfin établie avec tant de
cruauté, que ſi quelqu'un eſt ac-
cuſé de la moindre choſe, c'eſt luy

                                    faire

faire grace que de le faire mourir
d'abord; car ils n'ont jusqu'à present fait mourir personne, qu'il
n'ait auparavant été déchiré par
plusieurs sortes de tourmens. J'ay
appris de beaucoup de gens dignes de foy, que le Duc d'Albe a
plus de dix mille prisonniers, outre un nombre infini qu'il a déja
fait mourir dans les supplices, &
une foule qu'il met tous les jours
dans les fers. Il a rappellé de France le Comte d'Aremberg avec sa
Cavallerie, & luy a donné ordre,
si la paix se faisoit en France de tâcher d'amener dans les Païs Bas
les Italiens qui avoient servi le
Roy de France. Il semble que la
paix que l'on vient de donner à la
France, fournit une belle occasion aux Flamans refugiés, de retourner en leur Païs, s'ils savoient
en profiter. Ceux d'Anvers en
ont

ont tant de peur, qu'il y a plusieurs
Marchans qui vendent leurs marchandises à vil prix à ceux
qui ont de l'argent contant. Je
souhaite toute sorte de prosperité
à V. A. E. & à toute son illustre famille, A Francfort le 1. Avril 1568.

* * *

MONSEIGNEUR,

APrés avoir été agité de plusieurs tempêtes, & sur le point
de faire naufrage je suis enfin arrivé icy comme au port, d'où il
faut que je deplore le malheur de
ma patrie, qui est sur le panchant
de sa ruine, où les bons conseils
n'ont point de lieu, & où les honnêtes gens ne sont pas en seureté.
En verité, si la posterité est sage,
el-

elle s'étonnera de la folie des Rois
de nôtre tems, qui connoiffant
bien la malice & les fineffes du Pape & de tous les Partifans de Ro-
me, ne laiffent pas d'entreprendre tout ce qu'il y a de plus impie
& de plus exécrable, pour leur
conferver ces richeffes immen-
fes, dont ils abufent à la ruïne de
la Chrétienté, & pour entretenir
leur infame luxe. Le Roy d'Efpagne a fait mourir fon fils unique
pour leur complaire, & dans les
Païs-Bas il a fait mourir dans de
cruels fupplices un nombre infini
de braves gens, qui par leur valeur & par leur fang luy ont ac-
quis tant de belles victoires, & cette autorité qu'il a à préfent dans
toute la Chrétienté. Ils ont encore tellement infatué le Roy de
France, qui a fi fouvent éprouvé
combien les confeils que ces gens-

F   là

là luy ont donné, ont été dangereux à luy & à son Royaume, qu'il
medite à present des choses plus
cruelles qu'auparavant contre
ceux dont il est persuadé de la fidelité, & qui n'ont pris les armes,
que parce qu'eux, leurs femmes,
& leurs enfans ne pouvoient étre
en seureté nulle part. Nôtre
nation étoit autrefois mise au
nombre de celles qui ont quelque
humanité, mais à present elle les
surpasse toutes en cruauté. En
effet, qu'y a t'il de plus barbare,
que d'étre alteré avec tant d'avidi-
té du sang des innocens & de ses
proches? J'ay quelque fois fait
connoître à des gens de quelque
autorité, quelle méchanceté c'é-
toit de penser à faire mourir ceux
qui font profession en France de
nôtre religion, puis qu'il y en a
tant, & qu'ils font la plus innocen-
te

te partie du peuple: mais ils me
répondoient d'abord, que lors
qu'il s'agiſſoit du repos public, il
ne falloit pardonner a perſonne,
& que quand même l'on feroit
mourir deux ou trois cens mille
hommes, il en pourroit naître davantage en moins de trente ans.
Ces paroles me faiſoient horreur.
Mais c'eſt l'humanité que nous a-
avons appriſe, & que nous appre-
nons tous les jours des Italiens,
dont il ſemble qu'on nous a amené des Colonies, tant on en voit,
qui ſouillent & qui gâtent tous les
coins de la France. Bien que nos
pechés ne meritent pas ſeulement
les peines que nous ſouffrôs, mais
même de plus grandes; & parce
que je vois que nous les ſouffrons
par des gens, qui ſont encore
plus méchans que nous, j'eſpere
que Dieu, qui regarde d'un œil

de-

d'equité les actions des hommes
leur redemandera enfin le sang
innocent qu'ils ont repandu si
cruellement, & en si grande abondance. Je ne doute pas, Monseigneur, que mes plaintes ne donnent du chagrin à V. A. E. mais,
quoy que je fasse, ces affaires me
reviennent toûjours dans l'esprit
malgré moy. J'ay appris fort peu
de chose des mouvemens de
France, depuis que j'en ay écrit
de Francfort à V. A. E. ; je crois
qu'elle n'ignore pas que le Roy de
France fait lever des soldats en Allemagne par Philibert Marggrave
de Bade, Philippe fils du second
lit du Landgrave, le Comte de
Westerbourg, les Rhingraves
freres, & par Monsieur de Bassom-
pierre Lorrain de nation. Il y en
a quelques-uns qui croyent que le
Roy a donné une semblable com-
mis-

miſſion à Burchard Comte de Barby, & à Luzelbourg; mais le Comte de Barby ne veut pas l'avoüer, & je crois qu'on n'a envoyé de l'argent ny à l'un ny à l'autre. On a écrit icy que le Prince de Condé a pris la ville de Limoges, & pluſieurs autres villes du Poiⴐtou; que Montmorency a mis le ſiege devant Toulouſe: mais il faut avoir de fortes troupes, car Toulouſe eſt la plus grande ville du Royaume aprés Paris. Ceux qui vienent des Païs-Bas aſſûrent que le Prince de Condé avoit fait alliance avec la Reine d'Angleterre, où il avoit promis de ne pas traîter avec les eñemis ſans ſon conſentement & qu'il tâcheroit de luy faire rendre Galais en payant au Roy l'argent dont ils étoient tombés d'accord, lors que la paix ſe fit, il y a dix ans, & de plus qu'il avoit ce-

F 3   dé

dé aux Anglois la ville de la Rochelle. Bien qu'il y en ait plusieurs
qui l'assûrent; je ne saurois pourtant m'empécher de croire que la
chose est tout-à-fait fausse: car si le
Prince de Condé avoit fait ce traité avec les Anglois, il perdroit
l'amitié de la plûpart de ceux qui
suivent son party. Outre cela,
ayant établi la Rochelle, comme
le boulevard de la guerre, où luy-
méme & les autres grans Seigneurs avoient mis leurs femmes
& leurs enfans, personne ne sauroit me persuader, qu'il luy soit
jamais venu en pensée de la livrer
aux Anglois. Le bruit court aussi,
qu'il avoit resolu de joindre les
troupes du Prince d'Orange; mais
pas un de ceux qui connoissent les
lieux où ils ont leurs troupes, ne
le croit, puis qu'ils sont à plus de
six vingt lieuës d'Allemagne l'un

de

de l'autre, & qu'il y a plufieurs
grandes rivieres entre deux. Les
François, dont j'ay déja écrit à V.
A. E. qui s'affembloient prés des
frontieres des Païs-Bas, parmy
lefquels il y a d'excellens Capitaines & particulierement Monfr.
de Genly, de Bouchavanes, & de
Moy, avec lefquels le Cardinal de
Châtillon eft auffi, pourroient
peut-être bien fe joindre au Prince d'Orange. Le vingt-quatriéme
du mois de Septembre Strallen
Conful d'Anvers, & Wachfeld
Sécretaire du Comte d'Egmond
furent decapités dans la ville de
Vitevord, qui eft entre Bruxelles
& Malines. De tous les prifon-
niers du Duc d'Albe ces deux-là
avoient le plus d'efprit; c'eft pourquoy on les avoit gardé un an, &
plus fouvent & plus cruellement
appliqués à la torture que les au-

tres,

tres, avant que de leur faire souffrir le dernier supplice. A ce que
nous apprennons de ceux qui
viennent du Camp du Prince d'O-
range, il n'a pas encore traversé
la Meuse ; mais ils disent, qu'il
espere que les Liegeois luy doñe-
ront passage. Le peuple de Liege est en division avec les Ecclesia-
stiques ; ceux-cy sont attachés au
Duc d'Albe, & le Peuple favorise
le Prince d'Orange : mais je crois
qu'on en écrit tous les jours de
nouvelles plus assûrées à V. A. E.
Le Prince d'Orange a pris la ville
de Limbourg & la forteresse de
Flackenbourg, qui sont de la de-
pendance de Bourgogne. Le Duc
d'Albe envoyoit pour fortifier la
garmison de Flackenbourg deux
bataillons Espagnols, qui furent
rencontrés & defaits par les troupes du Prince d'Orange. Il se fit
en-

encore une rencontre de Cavalliers Allemans & d'Efpagnols
prés de la ville de Maftric ; Les
Efpagnols fe retirerent avec perte de quarante ou cinquante des
leurs, & il y eut fort peu d'Allemans de tués. Tout cela n'eft pas
de confequence, le principal de
l'affaire confifte au paffage de la
Meufe, que fi le Prince d'Orange
ne la paffe, il ne pourra pas long-
tems conferver ce qu'il a déja
pris; mais s'il la paffe à Liege il
trouvera de belles & fertiles Cam-
pagnes jufqu'à Louvain, qui n'eft
qu'à douze lieuës de Liege. Je
fouhaite toute forte de bonheur
& de profperité à V. A. E. & à toute fon illuftre famille. A Leipfic
le 12. Octobre 1568.

§ *₊* §

Mon-

*_**

MONSEIGNEUR,

J'ay appris d'un homme digne de
foy, mais je luy ay juré de ne
pas le découvrir, qu'on renou-
velle la conspiration que quelques
Gentishommes avoient resoluë
contre les Princes avant le siege
de Gotha. Les Conjurés ont resolu à ce qu'ils disent, de reduire
l'Empire d'Allemagne à la forme
du Royaume de France, c'est à
dire, que les Princes n'auront point de pouvoir sur la
Noblesse, & que l'Empereur les
gouvernera tous également. On
dit qu'il y en a déja plus de cinq
cents dans cette conspiration, &
l'on espere que dans peu il n'y en
au-

aura gueres moins de deux mille : car l'on pousse à present cette affaire tout de bon, & ceux qui en ont le soin passent incessamment du Rhin en Saxe, & de Saxe au Rhin. Ils se plaignent de n'avoir pas un Prince pour les commander, & blâment la lacheté qu'ils ont eu d'avoir souffert qu'on ait accablé le Duc Jean Frideric. Les principaux d'entre eux demandent d'étre à la solde du Roy de France, & je crois que c'est pour pouvoir cacher leurs desseins à la faveur de ce nom en cas qu'ils prennent les armes. Je viens pourtant d'apprendre qu'ils ne feront pas sitôt préts, & qu'ils ont resolu de se plaindre à la premiere Diete des outrages qu'ils souffrent des Princes, qui accablent, disent-ils, & ruïnent entierement leur liberté; s'ils le font, il sera bien

bien plus facile de penetrer dans
leurs desseins & de les rompre.
J'ay crû qu'il étoit de mon devoir
d'en donner avis à V. A. E. sans
perdre tems; que si ces gens-là le
savoient il ne m'en couteroit pas
moins que la vie: C'est pourquoy
je prie V. A E. de ne pas souffrir
que mes Lettres deviennent publiques; car je say qu'il y en a plusieurs, qui ont conçû une haine
mortelle contre moy, parce qu'ils
ont sû que j'en ay quelque fois
écrit à V. A. E. Comme j'ay fait
depuis un ou deux mois connois-
sance avec Mr. Lazare Schvende,
qui m'écrit quelque fois, j'ay con-
consulté en moy-même si je luy
ferois part de cette affaire; mais
j'ay crû qu'il seroit plus à propos
de suivre en cela la volonté de V.
A. E. qui me fera la grace de me la
faire savoir, lors qu'elle le trouvera

ra à propos. Si j'en apprens encore quelque chofe j'en écriray d'abord à V. A. E. Il y a un mois que j'avois écrit à V. A. E. ce que je luy écris à prefent, & j'avois donné à Strasbourg mes Lettres à un de mes amis qui venoit icy ; mais l'ayant prié de ne donner mes Lettres qu'à Nicolas Brom, & ne l'ayant pas trouvé, il a gardé mes Lettres jufqu'à prefent, & ne me les a renduës qu'aujourd'huy. Il n'y a rien de plus affuré que toute efperance de paix eft perduë en France : car les Suiffes que le Roy a pris à fa folde coměncerent la femaine paffée à entrer en France. Je ne faurois m'imaginer par quelles raifons les chefs de la Regence ont eu foin de faire publier par toute la Chrétienté, qu'elle étoit faite : car tous les Gouverneurs de Province difoient hautement

ment qu'ils en avoient recû des
Lettres du Roy ; & le Duc de Lorraine a écrit la méme chose à plusieurs personnes. Ceux qui viennent de Lorraine croyent que le
Roy y viendra bientôt pour recevoir son Epouse, & disent que le
Duc fait faire de grans preparatifs
pour ce sujet. Si l'Empereur avoit
répondu aux Ministres du Roy,
comme le bruit en a couru, qu'il
ne vouloit pas laisser partir sa fille
d'auprés de luy tant que la guerre
dureroit, cela auroit peut-être
contribué en quelque maniere à
la paix. On fait de grans preparatifs à Paris & à Orleans pour le
siege de la ville de la Charité sur
Loire, & l'on a déja sorti de Paris
treize gros Canons pour les y me-
ner. Les Suisses que le Roy a depuis peu levé, & les troupes qu'il
avoit en Poictou & en Saintogne,
y vont

y vont par des chemins differens.
Je ſay auſſi que l'Amiral en eſt
bien prés avec les toupes ; deſorte
qu'il ſemble qu'on y tranſportera
tout le faix de la guerre. La Cavallerie Allemande que le Roy a
licentieé, eſt déja en Allemagne.
En venant de Strasbourg icy j'en
ay rencontré pluſieurs en chemin
qui étoient à la verité fort mal
équippés d'armes & de chevaux,
mais on dit, qu'ils avoient de l'argent en abondance. Je ſouhaite
toute ſorte de bonheur à V. A. E.
& à toute ſon illuſtre Famille. A
Francfort le 15. Mars 1570.

* *

MONSEIGNEUR,

IL n'y a pas long-tems que j'écri-
vis à Monſr. le Docteur Cracou-
que

que je paſſois icy mon tems inutilement, & même que je ne voyois
pas en quoy je pouvois y être utile à V. A. E.; c'eſt pourquoy je luy
marquois, que je ferois mieux de
m'en aller à Strasbourg, ou en
quelque autre endroit qui ne fût
pas éloigné de France ny des Païs-
Bas, d'où j'écrirois à V. A. E. ce
que je pourrois apprendre des
troubles de ces Païs & des deſſeins
des Catholiques. Mais il me fit
réponſe que V. A. E. étant fort en
peine du ſuccés de la guerre que
les Eſpagnols & les Vehitiens ont
contre le Turc, ils croyoient qu'il
feroit plus à propos de m'en aller
en quelque lieu peu éloigné d'Italie, & de lui écrire exactement ce
que je pourray apprendre des victoires des deux partis, des défai-
tes, des préparatifs & des progrés
de toute la guerre; parce que tout
ce

ce qu'on en avoit jufqu'à prefent
écrit icy étoit fort incertain. Plût
à Dieu que les Princes Chrétiens
connuffent bien le grand peril
dont le Turc les menace, & qu'ils
employaffent de meilleurs confeils pour les repouffer, au lieu
d'accabler de cruelles injures
leurs propres fujets pour faire
plaifir au Pape, & les contraindre
par leur inhumanité à prendre les
armes pour defendre leur fortune & leurs vies. Car il arrive par
là que les guerres civiles affoiblif-
fent & confument les forces qu'on
auroit pû oppofer à la violence
du Turc, & les efprits des fujets
font fi alienés de leurs Princes,
qu'ils ne craignent pas beaucoup
de tomber fous la puiffance d'un
autre Souverain: c'eft pourquoy,
fi leur patrie vient à être attaquée,
ils la defendent avec moins de va-

G   leur

leur & de fermeté. Que si par ha-
zard les Turcs prennent quelque
place maritime de l'Apouille ou
de la vieille Calabre, & qu'ils y
jettent de bonnes troupes; ce qui
ne leur sera pas difficile à faire, à
cause du petit trajet de Macedoine
& d'Epire, je ne doute pas, que
la plûpart des habitans du Royaume de Naples, dégoutés de la tyrannie Espagnole, qui est extrémement cruelle, n'aillent se joindre à eux. Car bien qu'ils voyent
qu'il n'y a pas lieu d'être mieux
traités du Turc, il est pourtant
certain, que tous ceux, qui sont
pressés de la tyrannie ont cela
dans l'esprit, que lors qu'ils voyent qu'il leur est impossible d'en
secoüer le joug, & de recouvrer
leur liberté, ils desirent du moins
de changer de Tyrans, & que la
ruïne entiere de ceux, qui leur ont
fait

fait tant de maux, leur donne
quelque espece de consolation, &
leur fait toûjours esperer d'étre
mieux à l'avenir. Si ce peril que
le Turc cause ne menaçoit que
l'Italie, nous plaindrions peut-étre moins son sort, parce qu'elle
est la source & la boutique de tous
les méchans conseils, par le moyen desquels toute la Chrétienté
est ebranlée, que le Pape & ses Par-
tisans soufflent aux Rois & aux
Princes trop faciles à persuader,
pour satisfaire aux infames excés,
qu'ils commettent dans leur oisiveté pendant que les autres tra-
vaillent à se détruire eux-mémes,
& pour abuser des richesses qu'ils
ont acquises par leur injustice &
leur mechanceté, se mettant nul-
lement en peine de la posterité,
parce qu'ils n'en ont point : Mais
si les richesses & les autres avan-

ta-

tages de l'Italie venoient en la
puiſſance des Turcs, les forces de
l'Allemagne, celles de la France
& celles de l'Eſpagne ne ſeroient
pas capables de la ſoûtenir long-
tems. Je vois bien, que la haine
que j'ay contre le Pape & ſes adhe-
rens, & la douleur des miſeres de
ma patrie, dont la memoire eſt
encore toute fraiche, & dont ils
ont ſans doute été les Autheurs,
m'emporte trop loin. C'eſt pourquoy, pour revenir à mon ſujet,
je crois qu'il n'y a point d'endroit
en Allemagne plus propre que
Vienne, où l'on puiſſe ſavoir quelque choſe d'aſſeuré de la guerre
des Turcs: car à cauſe du concours de tant de Nations on
pourroit y apprendre pluſieurs
choſes; on pourroit pourtant en
avoir des avis plus certains à Ve-
niſe, & en être comme le témoin,
au

au lieu que dans les autres villes
on n'y apprend que des chofes qui
s'y difent fur un bruit fort incertain; deforte que fi V. A. E. veut
que j'aille à Venife, ou à Vienne,
ou en quelque autre lieu, je la prie
tres-humblement de me le faire
favoir, & je ne manqueray pas
de fuivre les ordres de V. A. E. dés
le moment que je les auray recûs,
& qu'il n'y aura ny peine, ny péril
qui m'arréte pour luy faire voir
que tant de bienfaits, que je reçois
tous les jours de V. A. E. ne font
pas tout-à-fait perdus. Je fouhaite toute forte de bonheur & de
profperité à V. A. E. & à toute fon
illuftre Famille. A Drefden le 7.
Decembre 1572.

Mon-

⁎

MONSEIGNEUR,

MOnſieur le Docteur Cracou m'écrivit dernierement que V. A. E. veut que j'aille à Vienne dés que le froid ſe ſera un peu radouci, pour m'informer plus au vray des preparatifs que les Turcs font pour la guerre qu'ils ont contre les Italiens & les Eſpagnols, & d'écrire à V. A. E. ce que j'auray appris de ces preparatifs, & de toutes les ſuites de cette guerre. Mais comme l'on n'en pourra peut-être rien ſavoir d'aſſeuré avant le commencement du Printems, parceque les plus conſiderables preparatifs ſont ceux de la marine, j'ay crû que je ne travail-
le-

lerois-pas inutilement pour V. A.
E. si pendant ce tems-là je par-
courois le Rhin, d'où je pourrois
luy écrire au vray ce que j'y aurois appris des affaires de France
& de celles des Païs-Bas; car ce
que nous en avons appris jusqu'à
present, & surtout de celles de
France, a été fort incertain: dont
je ne m'étonne pas, puis que ceux
qui ont le soin des grandes affaires à la Cour de France ne cachent
pas seulement la verité de ce qui
se passe, mais ils en écrivent dont
ils sont persuadés de la fausseté.
On peut le voir dans les Lettres
que la Reine Mere écrivit à Caspar
Schomberg un peu avant qu'il
partit de ce Païs-cy. Elle luy mar-
quoit que les Rochelois s'étoient
rendus à Monsieur de Biron, à
qui le Roy avoit commandé de remettre cette ville sous sa domina-

tion, & d’y mettre garnison. Cependant il n’y a personne qui ne sache que cela est faux, & l’on voit par la réponse, que ceux qui sont dans la ville ont faite aux ordres du Roy qu’ils n’ont pas seulement pensé à se rendre. Pour moy, je suis persuadé qu’il ne sera pas aussi facile au Roy de chasser les restes de ceux qui font profession de nôtre Religion en France, que ceux qui sont les Autheurs de ces méchans conseils, le luy ont persuadé. Car ils ne tienent pas seulement la Rochelle, ils ont encore plusieurs autres places pourveuës de bonnes garnisons; & j’espere qu’au commencement du Printems, il y aura un grand concours de soldats qui s’y en iront: d’où il est facile à remarquer que les affaires du Roy ne sont pas en trop bon état, puis qu’étant dans une

ex-

extréme difette d'argent il ne laiſ-
ſe pas de lever des Allemans & des
Suiſſes, qui luy feront beaucoup
de dépenſe pendant cet hyver ſans
en avoir de l'utilité. J'eſpere que
Monſieur Svend, le Baron Hoſ-
ſonville Lorrain, & ceux qui vienent de France & de Lorraine à la
foire de Francfort, pourront m'en
apprendre quelque choſe de plus
certain. J'écriray de Francfort à
V. A. E. ce que je pourray en apprendre, & de là j'iray à Vienne.
Et comme, outre la peine & le
danger qu'il y a à ſouffrir pendant
ces longs voyages, il faut faire de
grandes depenſes, parceque tout
eſt cher, je prie tres humblement
V. A. E. d'y faire quelque reflexion, & de me faire tenir de l'argent. Je ſouhaite que cette année
ſoit heureuſe à V. A. E. & à toute
ſon illuſtre Famille. Le 31. Decemb.
1573. G 5 MON-

⁎

MONSÈIGNEUR,

LA ſeule choſe que l'on peut écrire de ce Païs qui n'eſt pas triſte eſt, que l'Empereur n'a pas joüi depuis long-tems d'une auſſi parfaite ſanté qu'à preſent: Il a été tous ces jours paſſés de belle humeur, & on l'a vû preſque tous les jours promener hors de la ville pour ſe divertir. Mais à preſent il ne peut pas être, que ce qui vient d'arriver en Pologne ne luy donne beaucoup de chagrin, bien qu'il ne le faſſe pas paroître. Car étant intime amy du feu Roy, il ſembloit en quelque maniere que ce Royaume luy étoit dû; ſur tout puis que le Roy méme,

me, & les plus grans Seigneurs luy
avoient donné depuis plusieurs
années une grande esperance
de l'obtenir, & à present il luy
a été ravi par celuy qui sembloit le
moins à craindre ; puis que depuis prés de deux cens ans, les
François & les Polonois avoient
eu fort peu de commerce ensemble. Cela s'est fait par les artifices
du Pape, qui n'a pas voulu être in-
grat, de cette celebre entreprise de
Paris, où les François ont donné
des marques autentiques de l'o-
béïssance qu'ils ont pour luy. Les
menaces de l'Empereur des
Turcs, melées de quelques prie-
res, ont aussi beaucoup servi à l'e-
levation du François. On a fort
peu de nouvelles icy des affaires
des Turcs. On ne sait pas encore
si leur flotte entreprendra cette
année quelque chose contre les
Espa-

Efpagnols; ils foupçonnent pourtant qu'elle attaquera Gulatam,
qui eſt une fortereſſe qu'ils ont au
voiſinage de Tunis, & prés des
ruines de la vieille Cartage, que
l'Empereur Charles prit à Aria-
den Barberouſſe, de méme que
Tunis, il y a déja prés de quarante ans; mais il y a trois ans que
Tunis fut encore remis fous la
puiſſance des Turcs par Occhia-
lim Corſaire de Calabre, qui eſt
à preſent Amiral de leur flotte. On
deteſte icy la perfidie des Venitiens, de s'étre ſi impudemment
detachés de l'alliance, qui n'avoit
preſque été faite que pour les defendre; Ils donnent par là aſſés
à connoître qu'ils ont peur des
Efpagnols, qu'ils ont cruellement
offenſé; car ils ont depuis peu mis
de nouvelles garniſons dans Ber-
game, Brixen, Cremone & dans
tou-

toutes les autres villes qu'ils ont
dans le voisinage du Duché de Milan. On assûre icy que le Roy de
Perse est mort. C'étoit un vieillard d'une humeur fort douce, qui
a laissé un jeune fils extrémement
courageux pour luy succeder. On
croit qu'il entreprendra bientôt la
guerre contre les Turcs dans la
Mesopotamie & dans l'Armenie;
Mais j'ay peur que cette esperance ne soit imaginaire : car bien que
le Persan soit fier, il sera bien aisé
d'entretenir la paix avec le Turc,
tout au moins un an, pour établir
ses affaires. Nous voyons que
l'Empereur des Turcs, qui regne
aujourd'huy en a fait de même :
lors que son pere fut mort, il fut
bien aisé de faire une Tréve avec
nôtre Empereur d'aujourd'huy,
dont il avoit moins à craindre que
les Perses n'ont à craindre des
Turcs.

Turcs. Monsieur David Ungnad, que l'Empereur envoye à Constantinople pour y demeurer trois ans, se prepare déja à faire le voyage, & il espere de partir d'icy dans quatre ou cinq jours. Je crois que V. A. E. aura appris d'ailleurs ce que nous avons icy des affaires de France. La Rochelle est encore assiegé. L'armée du Roy qui fait continuellement joüer le Canon, a renversé une bonne partie des bastions; de sorte qu'il semble à present, qu'il reste fort peu d'esperance aux Assiégés, qui se defendent cependant vigoureusement. Il y a quelques semaines que l'armée du Roy entreprit de prendre la ville d'assaut, & plusieurs des plus considerables de la Noblesse se melerent parmy les soldats pour les animer: Mais cela ne servit pas de

beau-

beaucoup : car ils furent repouſ-
ſés avec grand - perte , & il y eut
beaucoup de Gentis-hommes qui
perirent dans ce combat ; parmy
leſquels on nomme particulierement le Duc de Charlemont , qui
avoit épouſé la Veuve du dernier
Duc de Nevers , qui étoit de la famille de Cleves. Le Duc de Nevers d'aujourd'huy & le Marquis
du Maine , frere du Duc de Guiſe
furent bleſſés , celuy-cy à la cuiſ-
ſe & l'autre au bras. Le dixneuf-
viéme du mois d'Avril le Comte
de Montgomeri vint à la veuë de
la Rochelle avec une flotte de cinquante quatre Navires , & tâcha
d'entrer de force dans le Port de la
ville pour donner du ſecours aux
Aſſiegés ; mais il fut repouſſé à
coups de Canon , que l'on tiroit
ſur luy d'une baterie que ceux du
Roy avoient élevée ſur le Port,

pour

pour en ôter l'usage aux Assiegés,
& des Galeres qui étoient auprés
de cette batterie. Le Duc d'Anjou
y accourut d'abord avec la plus
grande partie de l'armée, & donna ordre d'amener plusieurs pieces de Canon sur cette batterie Le
Duc de Montgomeri se retira à
l'entrée de la nuit, & se mit à l'an-
cre un peu plus loin de la ville. Le
lendemain avant la pointe du
jour, il tâcha encore à forcer le
Port, mais le succés n'en fut pas
heureux: car ceux du Roy avoient
déja amené plusieurs pieces de canon sur le bord de la mer, & quantité de Vaisseaux des Isles voisines
étoient venus se joindre à eux
pour les secourir; c'est pourquoy
Montgomeri voyant que tous ces
efforts étoient inutiles, que c'é-
toit en vain qu'il s'exposoit au peril & qu'il y perdoit son tems, il
cin-

cingla en plaine mer , & nous ne
savons pas icy ce qu'il est devenu.
Pendant que le Duc d'Anjou ob-
servoit la flotte de Montgomeri,
ceux de la Rochelle ayant fait une
sortie, attaquerent son camp , où
le combat fût rude. Mais Philippe Strozza qui avoit été laissé à la
garde du camp , recevant continuellement des troupes , que le
Duc d'Anjou envoyoit à son secours, ceux de la Rochelle se retirerent enfin dans la ville avec perte de quelques soldats de part &
d'autre. Les troupes du Roy ont
dés le commencement de l'hyver
mis le siege devant la ville de Sancerre en Berry sur la riviere de
Loire, ils ont plusieurs fois entrepris de la prendre d'assaut ; mais
ils ont toujours été vigoureusement repoussés avec perte de
beaucoup de monde. Ils se sont à

H   present retirés un peu plus loin de la ville, & tâchent d'empêcher qu'on n'y apporte des vivres. Le Maréchal de Damville a aussi assiegé cet hyver la ville de Sommieres en Languedoc; on dit qu'il a perdu à ce siege quantité de soldats, & entre autres le Duc de Candale, de l'illustre famille de Foix, qui avoit épousé la sœur de Danville. On dit icy que Danville a enfin pris la ville par composition, à condition que les soldats sortiroient avec armes & bagage, sous bonne escorte ce qui a été executé. Ces jours passés le bruit couroit icy que le Duc d'Anjou avoit été blessé à mort par le Duc de Longueville, qu'il avoit appellé traître & frappé d'un poignard. On a écrit icy cette nouvelle d'Anvers & de Nuremberg; mais j'ay de la peine à croire que la chose

soit

foit veritable. Le premier jour
de ce mois on publia à Anvers la
paix d'entre les Anglois & les
Hollandois, & l'on a fait favoir,
qu'à l'avenir le commerce fera libre entre eux. Je viens d'apprendre, que ceux de Fleffingue ont
permis à quatre vaiffeaux Anglois
d'aller enfemble à Anvers; mais
c'eft à condition, qu'avant que
d'aborder à Fleffingue, ils dé-
chargeront le Canon, la poudre
& tout l'attirail de guerre. J'ay
peur que cette paix ne foit contraire aux deffeins du Prince d'O-
range. Je fouhaite toute forte de
bonheur & de profperité à V. A. E.
& à toute fon illuftre Famille, A
Vienne le 27. May 1573.

Monseigneur,

Il n'y a presque personne qui ne soit à present persuadé que la flotte d'Espagne n'entreprendra rien cette année. Les Espagnols font pourtant mine de vouloir faire quelque chose. Car on dit que Dom Jean d'Autriche est parti avec cinquante Galeres pour Palerme, où toute la flotte doit s'assembler, & delà il fera voile en Afrique. On dit que les soldats ne veulent pas luy obeïr comme il faut, & disent qu'ils ne partiront de Sicile, que lors qu'ils auront été payés des gages qui leur sont dûs. Il a ramassé de l'argent de tous côtés de la maniere qu'il a pû; mais il n'a pas pû lever une si grande somme,

me, bien qu'il ait promis aux Marchans de Naplés de leur payer l'in-
terét à treize pour cent par an. On
écrit pourtant qu'il est arrivé depuis peu un Vaisseau à Genes, qui
apporte d'Espagne deux cens mille écus, & qu'une partie de la flotte des Indes est arrivée avec quinze cens mille écus; mais il est ordinaire aux Espagnols, lors qu'ils
ont besoin de l'argent, de faire
courir le bruit que leurs vaisseaux
sont revenus des Indes chargés
d'or. La flotte des Turcs a encore fait voile vers la Calabre, & on
dit qu'on l'a vûë assés prés d'Ot-
trante. Il y en a qui raisonnant
des tempétes qui se leverent alors,
croyent qu'elle à été obligée de
s'en retourner là, d'où elle étoit
partie. On croit qu'elle s'en retournera cette année dans la mer
Egée, mais qu'elle passera l'hyver

H 3   dans

dans cette partie de la Morée, qui
eſt près de la mer d'Ionie, afin
que l'année prochaine elle puiſſe
être plûtôt prête pour travailler
l'Italie. Pour cet effet les Turcs
ont nettoyé le Port de Modon, qui
eſt fort grand, & y ont fait tranſ-
porter quantité de vivres de toute ſorte. S'ils y paſſent l'hyver,
Dom Jean d'Autriche n'oſera pas
licentier ſes troupes, mais il ſera
contraint de les diſperſer dans l'A-
pouille, la Calabre & dans la Sicile, pour garder ces Païs-là. Le
Duc d'Albe eſt à Amſterdam, où il
faſt équiper une flotte de dixhuit
Vaiſſeaux pour combattre les
Gueux, qui ayant coulé quelques
navires au fond de la mer à la
gueule du Port, y ont élevé un
Fort, auprès duquel ils ont leurs
Vaiſſeaux qui empêchent ſi bien
le paſſage qu'il n'y a point de vaiſ-
ſeau

feau qui puiffe entrer ny fortir
d'Amfterdam : Et c'eft ce qui fait
qu'il y a une grande difette de tout
ce qui eft neceffaire à la vie. Il y
a quelques jours que les deux flot-
tes étoient prétes à fe battre, & le
Duc d'Albe étoit dans la ville où il
attendoit le fuccés du combat, d'où
il partira enfuite pour Anvers, où
les Etats Generaux des Païs-Bas
doivent s'affembler, & où le Duc
de Medina Cœli doit auffi fe trouver. Les Efpagnols n'ont pas été
jufqu'à prefent fort heureux au
fiege d'Almaer à caufe des pluyes
frequentes. Si le tems y a été auffi
mauvais, qu'il l'a été icy depuis
quelques jours, les Efpagnols feront contraints de lever le fiege :
car ce Païs-là eft fi bas, que lors
qu'il pleut un peu plus fort qu'à
l'ordinaire, il eft entierement in-
ondé ; Nous avons eu icy depuis

quel-

quelques jours des pluyes conti
nuelles. Ceux qui viennent de ce
coté-là disent, qu'il y a beaucoup
de soldats qui sortent du camp à la
derobée, & desertent, & particulierement les Espagnols : Mais le
Duc d'Albe a donné ordre aux
Gouverneurs de toutes les villes
d'y tenir la main, & de faire mourir sur le champ tous ceux que
l'on pourra prendre. Il y en a plusieurs qui écrivent que le Gouverneur du Milanés viendra dans les
Païs-Bas, & que le Duc d'Albe &
de Medina Cœli s'en retourneront
en Espagne ; mais j'ay de la peine
à le croire. Ce Gouverneur a eu
à Milan un grand different avec
le Cardinal Borromée touchant
quelques affaires que le Cardinal
soutenoit être de sa jurisdiction,
en qualité d'Archevêque de Milan. Et ils pousserent si avant la
di-

difputé que le Cardinal excommunia le Gouverneur ; qui ufant de la force qu'il avoit en main, s'empara non feulement des chofes qui étoient en difpute, mais encore il prit au Cardinal les Châteaux & les Terres qu'il avoit eû de la fucceffion de fes Parens. Plufieurs croyent que tout cela n'étoit qu'une fine diffimulation, par laquelle le Gouverneur vouloit faire acroire au monde, qu'il n'étoit pas fi fort attaché aux fuperftitions des Catholiques Romains, afin que, fi dans la fuite il venoit dans les Païs-Bas les Gueux euffent plus de confiance en luy, & que par ce moyen il pût les tromper plus facilement. Le Duc d'Anjou & les Ambaffadeurs de Pologne ont long-tems difputé à Paris touchant ce que l'Evêque de Valence avoit promis aux Polonois, & fur

H 5   tout

tout ce qui concernoit la Religion: Car il promit à ceux qui
font profession de la plus pure religion, que le Roy leur en per-
mettroit l'exercice. Les Polonois
Catholiques difoient, que c'étoit
à leur infçû que l'Evêque l'avoit
promis aux autres, & de plus qu'il
ne feroit pas jufte que le Roy ju-
rât de l'obferver: Le Roy même
difoit que l'Evêque n'en avoit
point eu d'ordre. Mais les Ambaffadeurs qui font de la plus pure
Religion dirent, qu'ils n'auroient
jamais donné les mains à l'election du Duc d'Anjou, fi l'Evêque
ne l'eut promis; Et que fi le Roy
ne vouloit pas le promettre, ils
s'en retourneroient en leur païs
fans rien faire. Le Roy le promit
enfin, & ajouta que ce n'étoit que
pour ôter tout pretexte de fedition
en Pologne. Aprés être tombés
d'ac-

d'accord de tout entre eux, le Roy
de France, celuy de Pologne, les
autres grans Seigneurs de France,
& les Ambassadeurs de Pologne
s'en allerent à l'Eglise cathedrale,
où les Rois de France & de Pologne jurerent solemnellement
d'observer tout ce qu'ils avoient
promis aux Ambassadeurs de Pologne: cela se fit le dixiéme jour
de Septembre. Le vingt troisié-
me les Rois de France & de Pologne, les grans Seigneurs de France, & les principaux ordres du
Royaume allerent au Palais, qui
est le siege du Parlement. Peu de
tems après les Ambassadeurs de
Pologne y arriverent menant
avec eux un cheval blanc couvert
d'une housse de drap d'or, qui
portoit une cassette d'or, où étoit
enfermé le decret, qu'on avoit
fait à Varsovie de l'Election du
Duc

Duc d'Anjou. Lors qu'ils furent
prés du lieu où le Roy étoit aſſis
avec les grans Seigneurs, ils tire-
rent de la caſſette le decret, qui é-
toit cacheté de plus de cent Ca-
chets, le lûrent devant tout le
monde, & le donnerent aprés au
Duc d'Anjou, qu'ils saluerent en
qualité de Roy de Pologne, aprés
luy avoir ſouhaité toute ſorte de
bonheur & de proſperité. Cela fut
ſuivi d'un grand applaudiſſement
de tous ceux qui y étoient pre-
ſens; & l'on paſſa le reſte du jour
en réjouiſſances. Le lendemain
le Roy de Pologne fit ſon entrée à
Paris, accompagné du Duc d'A-
lançon ſon frere, du Roy de Navarre & des autres grans Seigneurs de France. La pluye ne
ceſſa point de toute la journée, &
comme on attendoit toûjours le
beau tems, la pompe fut differée,
qu'il

qu'il étoit presque nuit, lorsqu'elle se fit, & c'est ce qui la rendit moins belle. Le Roy de Pologne est bien parti de Paris, mais je viens d'apprendre qu'il restera tout ce mois en France, & la plus grande partie du mois prochain, de sorte que je ne crois pas qu'il vienne dans les Etats de V. A. E. avant le jour le plus court de l'année ou le jour de Noël. Dans le Sauf-conduit que le Roy de Pologne a obtenu de l'Empire, on luy a prescrit de n'avoir pas plus de huit cens Chevaux à sa suite, pendant sa route en Allemagne. Ce nombre luy a semblé trop petit, c'est pourquoy il prie l'Empereur de permettre qu'il soit augmenté de quatre cens. Je crois qu'il demandera la même chose à V. A. E. & aux autres Princes, & l'on vient de me dire qu'il y a déja

quel-

quelqu'un en chemin pour ce fu-
jet. Il n'envoye pas un Exprés à
l'Empereur pour cela, il l'a feulement écrit à l'Ambaffadeur de
France qui eft icy ; Dés qu'il aura donné fa reponfe, je l'écriray
à V. A. E. : il ne l'a pas encore fait
parce qu'il ne donne pas facilement audiance, étant encore fi in-
commodé de la goute qu'il ne
peut pas quitter le lit; il fe trou-
ve pourtant beaucoup mieux
qu'auparavant. On travaille encore en France à faire la paix avec
ceux qui font la guerre en Languedoc & en Dauphiné, & leurs
Députés font arrivés depuis vingt
jours à Paris. Ceux qui étoient
affiegés dans la ville de Sancerre,
fe font enfin rendus par famine à
côdition toutefois qu'ils auroient
vies & bagues fauves, que le Païs
payeroit quarante mille livres aux
fol-

soldats, & que tout le reste demeureroit au pouvoir du Roy qui a déja donné ordre de demolir les rempars de la ville. On dit que ses habitans sortent secretement, & se retirent ailleurs. Le Prince de Condé n'est pas mort, comme nous l'avions ouï dire, il est vray qu'il a été si malade, qu'il n'y avoit presque plus d'esperance de vie pour luy; mais pourtant il a recouvré la santé. Le Comte de Rets, qu'on a fait depuis peu Grand Maréchal du Royaume, arriva dernierement d'Angleterre, où il avoit été envoyé pour negocier le mariage de la Reine avec le Duc d'Alançon. Je ne say pas encore quelles esperances on luy a données; mais je say fort bien que c'est en vain qu'on y travaille, & que la Reine d'Angleterre ne se mariera jamais. Les Protestans

de

de Pologne s'assemblerent en Synode à Cracovie le jour de St. Michel. On dit qu'ils ont resolu de donner leur confession au Roy, dés qu'il sera arrivé. Je souhaite toute sorte de bonheur & de prosperité à V. A. E. & à toute son illustre Famille. A Vienne le 8. Septembre 1573.

***

Monseigneur;

AU commencement du mois d'Août la flotte des Turcs depécha quatre Galeres pour aller reconnoître le Port de Crotone ancienne ville de la Grece qu'on appelle aujourd'huy Calabre; & la flotte les ayant suivies, il se leva tout d'un coup une tempéte lors

qu'el-

qu'elle tâchoit de forcer le Port qui
en jetta partie à Corfou, & partie
dans le Golfe de Prevesa, sans que
les Vaisseaux ayent souffert le
moindre domage. Piale Bassa
étoit sur cette partie de la flotte
qui aborda à Corfou. Et dés que celuy qui y commandoit pour la Re-
publique de Venise en fut averti,
il lui envoya deux Galéres, dans
lesquelles il y avoit quelques No-
bles Venitiens qui lui apporterent
des presens, & le prierent de ne
pas permettre à ses soldats de faire
du domage aux sujets de la Repu-
blique. Piale aprés les avoir recûs le plus honnêtement du monde, leur promit de faire ce qu'ils
demandoient; & pour leur en ôter
le soupçon, il ajouta, qu'il n'entre-
roit pas dans le Golfe de Venise.
Mais il leur dit qu'il vouloit y attendre l'autre partie de la flotte,

qui étoit au Golfe de Prevesa, &
que dés qu'elle seroit venuë, il feroit voile vers la Sicile pour tâcher
d'attirer les Espagnols au combat;
que s'ils le refusoient, il attaque-
roit Crotone comme il l'avoit déja
resolu. Les Venitiens ont donné
ordre à tous leurs sujets des Isles
de la mer d'Ionie & de la côte de
Dalmatie & de Macedoine, de ne
faire aucune incommodité aux
Turcs, & de leur vendre à un prix
raisonnable les choses qu'ils leur
demanderont. Le dix huitieme
d'Août la flotte d'Espagne n'étoit
pas encore tout-à-fait équippée;
elle attendoit encore quelques
Galeres qui devoient amener des
soldats de Naples & de la côte de
Genes. Dom Jean d'Autriche a-
voit déja envoyé devant des Vaisseaux de charge â Palerme, afin
d'être plus prés de la Ville de Tunis,

nis, qu'il declare encore de vouloir attaquer. Il y en a plusieurs
qui commencent à soupçonner
que ny les Turcs, ny les Espagnols
n'entreprendront rien de consi-
derable cette Campagne. Un peu
avant que Dom Jean d'Autriche
fut arrivé à Messine, il s'y fit un
tumulte entre les Bourgeois & les
soldats de la flotte, où il y en eut
plusieurs de tués de part & d'autre. Le onzieme du mois d'Août
il nâquit un second Prince au Roy
d'Espagne. Rigomus de Sylva,
qui étoit un homme de grande autorité en Espagne, mourut dernierement. En l'an mille cinq cens
cinquante six, qui étoit le commencement du Regne du Roy
Philippe, Sylva n'avoit guere ou
point du tout de bien; mais lors
qu'il est mort on dit qu'il a laissé à
ses enfans cent mille écus de ren-

I 2   te,

té , quatre cens mille écus d'argent contant, & des meubles d'un prix inestimable. Il a fort bien sû profiter des occasions que la fortune luy a presenté : il étoit ennemy juré du Duc d'Albe, à qui sa mort ne sera sans doute point de chagrin. On dit que la rebellion des soldats Espagnols prés de Harlem a été appaisée par le moyen de trois cens mille Ducats que le Duc d'Albe a payé à ceux qui l'avoient fomentée , & outre cela qu'il a promis de leur payer tous les mois quatre mois de paye, jusqu'à ce qu'il les ait entierement satisfaits. On n'a pas encore écrit icy ce qu'il a envie d'entreprendre. Monsieur de Jerses Gouverneur de Gueldres commença dernierement d'assieger la ville de Bommel avec deux mille homes de pié & trois cens Chevaux. Le

Prin-

Prince d'Orange n'en eut pas plûtôt le vent qu'il y vint avec trois mille hommes de pié & six cens Chevaux, mais l'autre leva le siege sans attendre son arrivée. Les soldats qui y sont en garnison font des courses jusqu'à deux ou trois lieuës d'Anvers, & desolent tous les environs de Breda & de Hochstrate. La flotte qui devoit aller au secours de Middelbourg est bien partie d'Anvers, mais on ne sait pas ce qui luy est arrivé. On presume qu'elle a fait naufrage, parce qu'en ces lieux-là il y a eu depuis peu de furieuses tempétes. Et on a vû plusieurs planches de Vaisseaux brisés qui flotoient sur la riviere de Schelde. Le nouveau Roy de Pologne a resolu de prendre sa route par l'Allemagne, mais à peine sortira-il des frontieres de France sur la fin de ce

mois

mois. Le Duc d'Alançon autre frere du Roy s'en est retourné malade du camp de la Rochelle, & le Duc de Longueville qui en revenoit est mort en chemin. La France n'est pas encore tranquille : car il n'y a que la Rochelle & Montauban qui ayent accepté les propositions du Roy. J'avois déja écrit à V. A. E. que les Turcs avoient voulu bâtir un Fort dans la ville de Kalo. Rubert Gouverneur de cette partie de la Hongrie de la part de l'Empereur ayant ramassé quelques soldats, les en a chassé, & a commencé à faire bâtir une Forteresse au même endroit, où ils avoient voulu le faire, & il y a prés de six mille pionniers. Le Bassa de Bude qui ne voit pas cela de bon œil ramasse des Troupes pour empêcher les efforts de Rubert. Je souhaite toute sorte de bon-

bonheur & de prosperité à V. A. E.
& à toute son illustre Famille. A
Vienne le 11. Septembre 1573.

***

MONSEIGNEUR,

COmme nôtre Nation s'est si
mal conduite depuis quelques
années, qu'il semble qu'elle se haït
soy-même, son salut & son honneur, je ne m'étonne pas que le
Roy de Pologne ait abandonné
ceux qui luy avoient fait tant
d'honneur, & qui avoient tant
d'affection pour luy, en faveur de
ceux dont il n'est pas assûré de la
fidelité, puis qu'ils ont plus de sujet de le haïr que de l'aimer. Il n'y
a point de doute, que les Polonois
auront sujet de se plaindre de luy,

puis

puis qu'aprés avoir refufé tant dé
Princes qui leur étoient alliés de fi
prés, ils l'ont élû Roy tout incon-
nu prefque qu'il étoit. Il s'en retournera peut-être plus vîte en
France, de la maniere qu'il a déja
refolu de le faire que s'il étoit parti de Pológne aprés y avoir bien
reglé les affaires. Mais felon mon
fens il s'en retournera avec moins
de reputation ; & s'il en avoit agi
plus honnétement avec les Polonois, il auroit peut-être pû de leur
confentement établir fon frere ou
quelqu'autre de fes amis, pour luy
fucceder au Royaume. Lors que
j'eus appris la mort de fon frere,
j'efperois que fi celuy-cy s'en retournoit en France, il travaille-
roit à rétablir peu à peu le Royaume dans la fplendeur qu'il avoit
perduë, parce qu'il femble qu'il a
l'efprit plus moderé & les mœurs
mieux

mieux reglées que son frere, & je
croyois qu'il étoit animé du desir
de la gloire; mais ce depart pre-
cipité de Pologne fera rabattre de
la bonne opinion, où il étoit dans
l'esprit des plusieurs, & sera peut-
étre la cause, que bien qu'il ait envie de bien établir ses affaires, l'autorité luy manquera pour en venir à bout. On dit, qu'il partit de
nuit de Cracovie, aprés s'étre coulé en bas le long d'une corde par
une fenétre, & qu'il n'eut point de
repos qu'il n'eut atteint les frontieres de Silesie. Le vingtieme
de ce mois sur le coucher du Soleil
il arriva icy un Gentil homme
qu'il avoit envoyé à l'Empereur;
ce Prince luy donna d'abord audiance, & le lendemain matin il
receut les Lettres de sauf-conduit
que le Roy demandoit; & les a-
yant recuës, il s'en alla en diligen-

I 5   ce

ce à la rencontre du Roy. Je crois
qu'il en a agi de la forte pour s'en
retourner en France fans paffer
fur les Terres d'aucun Prince
d'Allemagne, que celles de l'Empereur & de l'Archiduc Ferdinand, d'où il peut venir en Lorraine ou dans l'Evêché de Mets.
Le Duc de Baviere en fera fans
doute fâché, car il faudra que le
Roy fe détourne de la droite route
pour eviter fon Païs. Il femble
que l'Empereur cherche à l'obli-
ger par toute forte de civilité. Il
luy envoya hier Rodolphe Kain
fon Ecuyer au Château de Wolc-
kerfdorff, qui eft à trois lieuës d'i-
cy. L'Empereur luy a encore envoyé aujourd'huy un de fes Pré-
tres; car il n'a point de cette forte
de bétes à fa fuite. On dit que
l'Empereur a écrit au Roy Rodolphe & à l'Archiduc Erneft de pref-
fer

ser leur retour. On fait icy de
grans preparatifs au Château
pour le recevoir. L'Empereur a
resolu d'aller sur le soir au devant
de luy, lorsqu'il viendra en cette
ville, ce sera pourtant avec peu de
monde; car il ne veut pas que les
Ambassadeurs des Rois & des
Princes qui sont icy l'accompa-
gnent. Il y a plusieurs François
qui croyent qu'il épousera la Veuve de son frere; car ces sortes de
mariages ne sont pas aujourd'huy
tenus pour illicites. J'ay déja
écrit à V. A. E. que le Roy Charles
declara un peu avant sa mort, sa
mere Regente du Royaume. Le
Roy qui regne à present luy a con-
firmé cette charge, & il luy en a
déja envoyé les patentes. Le Roy
a declaré ouvertement qu'il avoit
resolu de pardonner à tous ceux
qui ont agi en France contre ses
in-

intérêts publiquement ou en particulier, pourvû qu'ils ne refusent
pas cette marque de sa bonté. Il
a donné ordre à ceux qu'il a envoyé en France, de dire au Duc de
Montmorancy qu'il devoit tout
esperer de sa clemence. Il a fait
dire la mémè chose au Prince de
Condé, & l'a fait exhorter de revenir en France; mais j'ay de la
peine à croire qu'il le fasse, à
moins qu'on ne l'assûre autremēt
que de parole, parce qu'il n'y a pas
long tems, qu'étant dans l'Eglise
Françoise de Strasbourg il dit devant tout le monde, qu'il avoit
mortellement offensé Dieu, d'a-
voir, aprés le massacre de Paris,
embrassé la communion des Catholiques Romains de crainte de
la mort, & il en demanda pardon
à Dieu & à l'Eglise. On dit qu'il
leve des soldats, & que ses Troupes

pes consisteront en quatre mille
chevaux, & autant de gens de pié
Allemans, & que quelques François qui courent çà & là dans l'E-
véché de Mets, doivent venir les
joindre. Les Suisses que le Roy
d'Espagne a levés, sont en quartier
dans la Comté de Bourgogne, &
refusent d'aller plus loin, avant
l'arrivée des Espagnols & des Italiens, qui, à ce qu'on leur a promis, doivent aller avec eux dans
les Païs Bas. Je crois, qu'ils le
font à la persuasion du Comte An-
nibal d'Ems. Lors que les François qui sont avec le Roy seront
arrivés icy, j'écriray plus exactement de toutes ces choses à V. A.
E., à qui je souhaite toute sorte de
bonheur & de prosperité & à toute son illustre Famille. A Vienne
le 24. Juin 1574.

MON-

***

MONSEIGNEUR,

J'ay déja écrit à V. A. E. quelque chose du départ du Roy de Pologne & de son arrivée en ce païs; je pourray à present luy en dire quelque chose de plus, puis que j'en ay appris les circonstances de ceux-là méme qui ont pour la plûpart menagé cette affaire par leurs conseils. Avant que le Roy eut reçû la nouvelle assûrée de la mort de son frere, il savoit qu'il étoit malade, & que sa maladie étoit mortelle, c'est pourquoy il commença de bonne heure à penser à ses affaires. Sa mere l'exhortoit sans cesse à presser son retour en France, & à ne pas perdre un moment, dés qu'il auroit appris

la

la mort de son frere; parceque les broüilleries de France, & les esprits legers & inconstans de la plûpart de la Noblesse le requeroient. Le dixieme de ce mois l'Empereur reçût des Lettres du Grand Maître, par lesquelles il luy donnoit avis de la mort du Roy de France, il écrivit sans perdre tems à André Dudithe son Ambassadeur en Pologne d'en avertir le Roy, ce qu'il fit le quatorzieme de ce mois. Le lendemain un Gentilhomme que la Reine mere avoit envoyé, vint chés le Roy, & luy confirma ce que l'Ambassadeur de l'Empereur luy avoit dit; & ajouta que le même jour que le Roy Charles mourut, il declara la Reine Mere Regente du Royaume: qu'elle le prioit de le confirmer de son autorité, & de hâter son retour en France. Le Roy fit

d'a-

d'abord écrire des Lettres, par
lesquelles il accordoit à sa mere la
Regence du Royaume & les luy
envoya. Mais pour sonder les e-
sprits des Polonois, il fit assembler
un conseil, composé des Conseillers du Royaume, qui se trouvoient alors à Cracovie & dans le
voisinage, & aprés leur avoir appris la mort de son frere, à qui il
devoit succeder au Royaume, il
leur dit, que les affaires de France
demandoient qu'il y retournât
pour pacifier le Royaume, qui est
tout en desordre. Il leur fit encore
voir les Lettres, par lesquelles il
confirmoit à sa mere la Regence
que son frere luy avoit accordée,
& les pria de luy dire ce qu'ils
trouvoient le plus à propos de faire en cette occasion. Les Polonois aprés avoir deliberé entre
eux, répondirent en premier lieu,
que

que dans les Lettres qu'il avoit
deſſein d'envoyer à ſa mere, il a-
voit pris la qualité du Roy de
France; ce qu'il ne devoit pas a-
voir fait, ſans en avoir conferé a-
vec le Conſeil de Pologne: Et que
pour ce qui regardoit ſon retour
en France, ils luy dirent, qu'il é-
toit defendu par leurs loix, que le
Royaume de Pologne fut gouverné par d'autres que par le Roy même: Et que par cette raiſon, il ne
luy étoit pas permis de s'éloigner
du Royaume: Et que c'étoit une
autre affaire du Royaume de
France, qui pouvoit être gouverné par des Regens; deſorte qu'ils
jugeoient à propos de choiſir dix
ou douze ou même davantage
d'entre les grans Seigneurs de
Pologne, qui ont le plus d'eſprit
& le plus d'experience aux affaires, & de les envoyer en France

K   pour

pour confiderer l'état prefent du
Royaume, & chercher les moyens de luy rendre fa premiere
tranquillité: enfuite étant de retour en Pologne faire connoître
au Roy & au Confeil ce qu'ils y
auroient remarqué & vû: Et qu'a-
prés on delibereroit au Confeil
des moyens de foulager la France,
& fi l'on établiroit à la Regence du
Royaume des gens de la Nation
Françoife, ou bien fi l'on en en-
voyeroit de Pologne. Ils dirent
enfin, qu'il falloit renvoyer toutes ces affaires à la prochaine Af-
femblée des Etats Generaux du
Royaume, qui avoit été publiée
pour le vingt-cinquieme jour du
mois d'Août; Et que ce n'étoit
qu'en paffant qu'ils avoient voulu
faire cette réponfe au Roy, qui
leur demandoit confeil & non pas
pour decider quelque chofe. Quelqu'un

qu'un ajoûta pour confoler le Roy,
qu'il luy feroit beaucoup plus glo-
rieux de demeurer en Pologne
que de retourner en France; parce qu'en Pologne il auroit plus de
matiere & plus d'occafions d'exer-
cer fa valeur contre les Mofcovi-
tes, les Tartares & les Turcs qui
font des Nations extrémement
fieres, au lieu qu'en France il ne
trouveroit pas de femblables occafions. Lorfque le Roy eut apperçû leur deffein, il refolut tout-
à-fait de partir; car il voyoit bien
qu'ils ne permettroient pas facilement qu'il s'en retournât en France, fi l'on parloit de cette affaire
aux Etats Generaux du Royaume. Deforte que le dix-huitieme
de ce mois il fortit à deux heures
de nuit du Château de Cracovie
par une porte étroite, qui conduit
dans le Fauxbourg, d'où il alla à

pié

pié jufqu'à l'endroit, où il avoit
commandé qu'on amenât fon
cheval, & où ceux qui devoient
l'accompagner avoient ordre de
s'affembler : Et aprés avoir mar-
ché toute la nuit il arriva le lendemain fur les Terres de l'Empereur, fans avoir perdu aucun de
fes gens, excepté Pibrac, qui étoit
un homme de confequence, dont
il fe fervoit en qualité d'Interpre-
te, lors qu'il traitoit avec les Polonois de quelque affaire de l'Etat,
ou de quelque autre affaire : Car
il s'égara du chemin, & enten-
dant les païfans qui le pourfui-
voient & qui crioient aprés luy,
parce qu'ils étoient irrités contre
les François qui fe fauvoient, il
entra affés avant dans une forêt
épaiffe, & fe cacha pendant quelques heures dans un marais parmy des rofeaux; mais étant enfin
.pref-

preſſé de la faim il ſortit de la cachette, & rencontra des Gentis-
hommes Polonois qui luy firent
de grandes menaces, & vouloient
même le ramener à Gracovie;
Mais leur ayant dit, qu'il n'étoit
pas Polonois, ny attaché par aucun ſerment au Royaume de Pologne, & qu'il n'étoit qu'un ſervi-
teur particulier de ſon Roy, ils le
renvoyerent ſans luy faire du
mal. Le Roy, comme je l'ay déja écrit à V. A. E. arriva le vingt-
troiſieme de ce mois à Wolckers-
dorff, qui n'eſt qu'à trois lieuës
d'icy. Le lendemain dés que l'Empereur eut dîné, il envoya Matthias & Maximilien ſes fils, qui furent preſque juſqu'à ſon logis; Et
l'Empereur les ayant ſuivis, de-
meura dans une Iſle du Danube,
en un lieu qu'on appelle Tabor,
où l'on paye le peage, & il y atten-

K 3   dit

dit le Roy. Lors qu'il fut arrivé,
ils descendirent tous deux de Carosse, & après s'être embrassés, &
avoir parlé quelque tems ensemble l'Empereur remonta dans son
Carosse, y fit entrer le Roy, & ils
entrerent de la sorte dans la ville
sur les quatre heures. L'Imperatrice reçut le Roy au bas de l'esca-
lier dans la Cour du Château, &
le Roy logea sur la main gauche
dans cette partie du Château qui
est l'appartement ordinaire des
Archiducs Matthias & Maximilien. Le lendemain à dîné, comme il étoit déja à table l'Empereur
vint le voir, & luy dit qu'il vouloit
être son hôte. Mais le repas n'é-
toit pas égal; car l'Empereur
mangeoit de la chair, & le Roy du
poisson, car c'étoit un Vendredy.
Ils furent près de trois heures ensemble à parler de plusieurs choses.

fes. Aprés quoy l'Empereur se
retira, le Roy passa le reste de la
journée à voir tout ce qu'il y avoit
de plus digne d'être vû. Le jour
suivant, qui fut le vingt-sixieme
de ce mois, l'Empereur alla de bon
matin à la chasse dans la forêt prochaine, qui est environnée du Danube: où le Roy le suivit dès qu'il
eut dîné. Aprés le repas ils se di-
vertirent à parler de plusieurs
choses, cependant l'Empereur a-
voit donné ordre qu'on apportât
des peintures, & plusieurs sortes
d'armes, & d'autres choses faites
avec tant d'art qu'elles meritoient
d'être vûës; desorte que presque
toute la journée se passa à les voir.
Le lendemain matin l'Empereur
l'amena à Ebersdorff & à ce fa-
meux jardin qu'il a fait faire à une
lieuë d'ici, qu'on appelle comuné-
ment le jardin des faisans, d'où ils

K 4 re-

revinrent sur le soir. L'Empereur
avoit fait savoir au Roy de Hongrie, & à l'Archiduc Ernest de revenir en diligence de Boheme,
afin de pouvoir saluër le Roy, qui a
differé par cette saison son départ
jusqu'à aujourd'huy, bien qu'il eut
hier resolu de partir. Ils ne sont
pourtant pas venus; mais à ce que
je viens d'apprendre l'Empereur
leur a fait dire de ne pas s'arrêter
un moment icy, & de suivre avec
toute la diligence qu'ils pourront
faire. Il est parti d'icy aujourd'huy
à sept heures, & l'Empereur l'a
accompagné. Ils étoient tous
deux dans un même Carosse où
l'Empereur a fait encore entrer le
Duc de Cleves. Avant que de
monter en Carosse, l'Empereur
luy a longtems parlé dans la Cour
du Château, en presence de toute
la Cour. Il a ensuite fait appro-
cher

cher ſes fils Matthias & Maximilien, que le Roy a embraſſès. Aprés
cela l'Empereur a rappellé Matthias, & a dit, je ne ſay quoy de
luy, dont il rioit avec le Roy en luy
tirant les cheveux en ſe joüant. Le
Roy m'a fait commander de venir
auprés de luy, & s'eſt exactement
informé de moy de la ſanté de V.
A. E., de Madame vôtre illuſtre
Epouſe, & de l'illuſtre Prince
Chrétien, il m'a commandé de
faire ſes complimens à V. A. E.,
& de luy dire, qu'il ne ſouhaite
rien davantage que de cultiver
cette amitié, qu'il y a eu entre ſes
Predeceſſeurs & la Maiſon de Saxe. A la verité, il n'y a point de
ſorte de civilité que l'Empereur
ne luy ait fait tant qu'il a été icy.
La ſuite qu'il amena avec luy étoit
fort petite; car il y a eu aſſés de
trois tables pour tout ſon train, ſi

K 5   l'on

l'on en excepte les valets: Il y a-
voit à la premiere des Conseillers,
un Secretaire, un Medecin, &
quelques autres gens de Lettres;
aux deux autres, il y avoit assés de
Gentis-hommes, en y compren-
nant ceux que le Duc d'Alançon,
le Roy de Navarre, le Duc de Savoye, le Duc de Lorraine & quelques autres avoient envoyé au
Roy. L'Empereur avoit commis
le soin de servir le Roy à Monsieur
de Kain, Ecuyer, au Comte de La-
dron l'aîné, & à Auger de Bus-
beck, qui a long-tems été Ambassadeur de l'Empereur à Constantinople, & ensuite Gouverneur des
jeunes Princes. Le Comte d'Egmond a été son Echanson. Presque
tous les François ont été logés
dans le Château, & si quelqu'un
vouloit être logé plus au large, on
leur avoit preparé le palais de
T'Ar-

l'Archiduc Charles. Je souhaite toute sorte de bonheur & de pro-sperité à V.A.E. & à toute son illu-stre Famille. A Vienne le 29. Juin 1574.

* * *

MONSEIGNEUR,

DAns les propositions que l'Empereur a fait aux Etats de Boheme, il leur a demandé deux cens mille écus, pour payer les troupes qui sont en garnison en Hongrie, & cinq cens mille pour reparer les vieilles forteresses & en bâtir de nouvelles. Il leur a encore demandé de contribuer pendant dix ans, deux cens cin-quante mille écus par an pour pa-yer les dettes que l'Empereur Fer-di-

dinand avoit laiſſées; Et de luy
payer pendant cinq ans quatre
gros de chaque tonneau de biere;
& un gros à l'Imperatrice. Il leur
a enfin demandé de penſer aux
moyens de rétablir les Ecoles rui-
nées; de remettre en meilleur
état les mines d'argent de Kut-
berg; & d'être pourvûs d'armes &
de chevaux pour s'en ſervir en cas
de beſoin. Les Bohemiens ont
répondu, qu'ils s'étonnoient de
ſes demandes : Car puis que dans
la derniere aſſemblée il n'avoit pas
ſeulement promis qu'on delibereroit dans la premiere, qui ſe tien-
droit, ſur les charges qui avoient
juſqu'à preſent tourmenté le Royaume, mais auſſi qu'il l'avoit donné par écrit, ils ne pouvoient pas
croire que ces ſortes de conſeils
vinſent de Sa Majeſté; mais qu'ils
avoient été inventés par des é-
tran-

trangers, qui se mettoient fort peu
en peine de la prosperité du Royaume : C'est pourquoy ils le pri-
oiët de se souvenir de ses promes-
ses, & de ne pas trouver mauvais
qu'ils luy remontrassent un peu librement les choses, qui regardent
l'Etat & l'utilité du Royaume.
L'Empereur fit réponse, qu'il se
souvenoit fort bien de ses promes-
ses, & qu'il vouloit tenir tout ce
qu'il avoit permis ; mais qu'il leur
demandoit à son tour, de se souvenir de ce qu'il leur avoit proposé ; qu'il n'étoit pas fâché de la liberté qu'ils prenoient, & qu'il é-
toit bien aise qu'ils luy decouvri∫-
sent leurs sentimens sans dissimu-
ler selon l'ancien proverbe, qui dit:
de la bonne Confession, vient la
bonne absolution. Je viens d'apprendre que les ordres du Royaume commencerent hier à tomber
d'ac-

d'accord de deliberer fur les
griefs qu'ils ont à propofer à
l'Empereur. On y traitera auffi
des affaires de la Religion, où l'on
trouveroit peu de difficulté, fi tous
ceux qui fe font feparés du Pape
étoient d'accord entre eux. Mais
ils font divifés en deux partis
principaux; c'eft à dire, ceux qui
ont embraffé la confeffion d'Ausbourg, & les freres Vaudois, que
d'autres appellent Picars: car je
tiens pour veritables Romains
ceux qu'on appelle Calixtenes.
Les Catholiques font extrémement aifés de leur divifion, ils
n'oublient rien pour la fomenter,
parce que tant qu'ils feront divifés, ils auront moins de puiffance
à leur oppfer. Les Gueux font à
prefent fi affûrés, qu'ils veulent
établir des Ecoles publiques dans
la ville de Leiden en Hollande, que
les

les Espagnols ont rudement é-
branlée depuis peu de mois par
un siege. Pour cet effet Philippe
Marnice Aldegond, qui a long-
tems été prisonnier chés les Espagnols alla dernierement à Heidelberg, pour chercher des Ministres de la parole de Dieu, & des
Professeurs aux arts. Ils se dépé-
chent de leur mieux d'établir solemnellement des Ecoles, afin de
les faire mettre dans les conditions de paix, où l'on travaille à
present, pour les conserver. J'ay
aussi appris qu'ils ont envoyé un
Gentil-homme au Roy de France,
mais je n'ay pas encore pû apprendre le sujet de ce voyage. Aujourd'huy sur les cinq heures du
soir, l'Ambassadeur des Turcs est
entré en cette ville, avec une assés
grande pompe. L'Empereur a-
voit envoyé à sa rencontre le Ma-
ré-

réchal de la Cour avec des gardes
de cors, auxquels plusieurs
Gentis-hommes d'Allemagne de
Boheme, de Hongrie & d'Italie
vinrent se joindre. Autant qu'on
peut en juger à l'apparance, l'Ambassadeur peut avoir soixante ans,
il a assés bonne mine, & il paroît
être homme d'autorité; Ses Offi-
ciers eurent querelle entr'eux
dans le vin, & il y en eut un de
tué. Celuy qui a fait le meur-
tre a été pris & attaché dans
un Carosse, & le lendemain comme il étoit en chemin il luy fit
trencher la téte & jetter son corps
dans une fosse prochaine. Le jeune Philippe Sidnée, MONSEI-
GNEUR, à qui j'ay donné ces Lettres pour V. A. E. est sorti d'une
des illustres maisons d'Angleterre, sa mere est sœur du Robert
Comte de Lucestre, qui a beaucoup

coup d'autorité à la Cour d'Angleterre. L'Empereur le fit appeller ces jours passés, & le receut fort favorablement. Lorsque j'ay appris qu'il partoit d'icy pour passer en Saxe, & qu'il desiroit de faire la Cour à V. A. E. si l'occasion le luy permettoit, je luy ay donné ces Lettres. Il a beaucoup d'esprit, & plus d'experience que n'en ont à l'ordinaire ceux de son âge. Il y a aussi icy un Ambassadeur de Savoye, qui partira dans six jours pour Dresden. Je souhaite toute sorte de bonheur & de prosperité à V. A. E. & à toute son illustre Famille. A Prage le 1. Mars 1575.

L MON-

***

MONSEIGNEUR,

LA Reine d'Angleterre envoya depuis quelques mois à l'Empereur un jeune Ambassadeur sorti d'une grande naissance parmy les siens, & d'un esprit si bien fait, que je n'ay jamais conçû plus d'esperance de la vertu d'un homme que de la sienne. Il y a quatre ans, que s'en allant en Italie, il conçût à Vienne une si grande amitié pour moy aprés une frequentation de peu de jours, qu'à son retour d'Italie il a demeuré quelque tems chés moy; où nous avons vécu quelques mois ensemble, & Monsieur Damain de Sebottendorf l'a vû quelque fois chés moy; En partant de la Cour de l'Empereur

reur il est allé à Heidelberg pour y
executer les ordres de la Reine
auprés de l'Electeur: d'où il m'a
envoyé un de ses domestiques
pour me prier de venir le voir, ce
que je n'aurois pû luy refuser
qu'avec peine, à cause de l'estime
que j'ay pour luy. De là il est allé
chés le Duc Jean Casimir, qui luy
a fait toute sorte de civilité, & peu
de tems aprés il est allé à Cologne,
ensuite à Anvers où il a trouvé des
Lettres de la Reine, par lesquelles
il luy étoit ordonné d'aller trouver le Prince d'Orange ; mais je
n'en say pas la raison, car je n'ay
point reçû de ses Lettres depuis ce
tems-là. Je l'ay accompagné jusqu'à Cologne, dans l'esperance
d'y apprendre des nouvelles des
affaires des Païs-Bas plus certaines qu'icy, qui n'est qu'une pure
solitude hors des tems de foire.

L'E-

L'Evêque de Cologne trouble la
Ville & tout son voisinage; Il a
extrémement augmenté les pea-
ges de Bonn & d'Andernac à la
ruïne des Marchans qui font voi-
turer leurs marchandises sur le
Rhin. Ceux de Cologne ont mis
en prison des Commis à la rece-
pte du nouveau tribut qu'on a mis
sur le sel, qui étoient venus dans
leur ville; dont il est fort en colere
contre eux: Il veut faire entrer de
force un Bavarois dans le Chapître; mais il y a plusieurs Chanoi-
nes, qui sur cet article luy sont
moins obeïssans qu'il ne voudroit,
& parce que le principal obstacle
vient de ceux, qui font profession
de la meilleure Religion, le Bavarois fait de cruelles menaces
aux Lutheriens, dont ils ressenti-
roient les effets, s'il parvenoit à
l'Episcopat. Le Pape & l'Empereur

reur même l'ont raccommandé
au Chapître & le Comte de Porcia
Nonce Apoſtolique eſt tout porté
à avancer le Bavarois. J'ay grand
peur, qu'avec le tems il n'obtiene
ce riche benefice, & quelque jour
celuy de Munſter; car le Duc de
Juliers eſt tout-à fait pour luy.
Que ſi cela arrive, il donnera aſſû-
rément de la terreur à tous ſes
voiſins, parce qu'il poſſede déja
l'Eveché de Hildesheim, & que
Dom Jean d'Autriche & Eric de
Brunſwic ſont de ſes amis. Que
ſi Albert Archiduc d'Autriche &
André fils de Ferdinand, qui vienent d'être reçûs au College des
Cardinaux, obtiennent d'autres
principautés & des Evéchés plus
puiſſans, comme il y a de l'apparence, le parti du Pape deviendra
par là beaucoup plus fort en Allemagne. L'Electeur Palatin n'a

L 3   point

point fait jusqu'à present de changement de Religion du côté du
Rhin, excepté à Heidelberg, où
il a caffé le Confeil Ecclefiaftique,
& donné deux Eglifes à ceux qui
font profeffion de fa Religion : Il
a laiffé la troifieme aux autres, &
aux François celle qu'ils avoient
déja. Il n'a pas encore touché à
l'Academie, & c'eft peut-étre, parce qu'il n'a pas trouvé des gens fa-
vans pour mettre à la place des
autres. Et comme par le tefta-
ment de fon Pere, dont les deux
freres étoient executeurs, il étoit
defendu de faire du changement
dans la Religion, le Duc Cafimir
avertit quelque fois fon frere, &
méme par des Lettres affés fortes
d'obferver en ce point le tefta-
ment de leur Pere. Mais l'Electeur
répondit que leur Pere n'avoit pas
pû luy rien prefcrire en cela. La
paix

paix des Païs-Bas n'est pas encore
si bien établie qu'on puisse y
ajoûter foy ; parce que Dom Jean
d'Autriche & les Etats de ce Païs-
là se sont apperçûs que les Hollandois & les Zelandois ne se soûmet-
troient pas aux Ordonnances des
Etats Generaux, si on leur ôtoit
la liberté de Religion, dont ils
jouïssoient à present. On tâche
de faire un Traité avec eux touchant la Religion avant que les
Etats Generaux soient convo-
qués : C'est pourquoy l'on envoya
dernierement au Prince d'Orange, aux Hollandois & aux Zelandois le Duc d'Archot, le Comte de
Lallane & quelques Abbés, qui,
dit-on, après une longue dispute
demanderent enfin, qu'on leur
accordât du moins une Eglise Catholique dans chaque Ville de
Hollande & de Zelande, jusqu'à

L 4   ce

ce qu’on eut arrêté quelque chose,
de ces affaires dans l’assemblée des
Etats Generaux. Le Prince d’O-
range repondit à cela, qu’il en
parleroit à ceux de son party, &
que dans quinze jours il leur feroit savoir la resolution qu’ils auroient prise. Tous ceux qui viennent de Hollande & de Zelande disent que les peuples y sont dispo-
sés de maniere, à ne souffrir jamais qu’on leur ôte la liberté de
Religion. Ceux de Groeningue
ont ruiné de fond en comble la
forteresse que le Duc d’Albe avoit
bâti dans leur ville. Ceux d’U-
trecht avoient commencé d’en
faire de méme, mais ils ont cessé
par les Conseils des Etats Generaux; Ils y ont pourtant mis une
garnison de Bourgeois, & ont fait
sortir de la ville tous les soldats é-
trangers. Ceux d’Anvers, de
Gand

Gand & de Valencienne ont in-
ftamment demandé qu'on demo-
lit leurs forterefles; mais ils l'ob-
tiendront avec peine. On dit que
les Anglois ont refolu de transfe-
rer leur commerce d'Anvers à
Bruges, à moins qu'on n'y rafe la
forterefle, & qu'ils fe font déja af-
femblés pour cela. Nous appre-
nons que les Efpagnols que l'on
avoit licentié dans les Païs-Bas,
font arrivés depuis long-tems
dans la Comté de Bourgogne, c'eft
pourquoy je crois qu'à prefent ils
ne font pas loin des frontieres d'I-
talie. Quelqu'un qui étoit prefent,
quand on leur paya leur folde lors
qu'ils étoient fur le point de partir, m'a dit, qu'il n'y avoit pas
plus de quatre mille hommes de
pié & quatorze cens chevaux en
état de fervir, & que neanmoins
on avoit vû dans la Troupe qu'ils

me-

menoient avec eux, prés de dix mille chevaux & trente mille hommes : car ils menoient un nombre infini de femmes, d'enfans, de crocheteurs & de jumens, pour emporter les dépoüilles des Flamans. Je souhaite toute sorte de bonheur & de prosperité à V.A. E. & à toute son illustre Famille. A Francfort le 8. Juin 1577.

***

MONSEIGNEUR,

LE mois passé je fus attaqué de la méme maladie, qui me travailla pendant sept mois entiers il y a environ six ans, & j'en porte encore les marques sur mon visage; mais comme je n'ay pas encore oublié, que l'ignorance des

Me-

Medecins n'avoit pour lors jetté
dans un extréme peril de perdre
la vie, je n'ay pas voulu me servir
à present de leurs conseils. Et c'est
par là, à ce que je crois, que j'ay
plûtôt commencé à recouvrer la
santé, bien que je ne sois pas encore entierement remis, & que
je n'aye pas pû écrire jusqu'à present à cause d'une fluxion qui me
tomboit sur les yeux, lors que je
baissois la téte. C'est pourquoy
je prie V. A. E. de me pardonner,
si j'ay pour quelque tems discon-
tinué d'écrire. Comme je ne doute pas que les Conseillers que V.
A. E. avoit icy, ne luy ayent dili-
gemment écrit ce qui s'est passé,
je n'écriray que ce que j'ay appris
depuis leur départ. Nous n'avons
autre chose de France, si ce n'est
que la paix y est faite, & que le Duc
de Guise a quelques Troupes en
Cham-

Champagne, qui devoient servir
sous Dom Jean d'Autriche: mais
elles ne sont pas assés fortes pour
le tirer du mauvais pas où il est à
present. Il y en a qui écrivent que
Charles de Mansfeld, Caspard de
Schomberg & Bethstein Lorrain
auront le commandement de ces
Troupes; & que Mondragon &
Julien Romer, Capitaines Espagnols de grande reputation leve-
ront aussi des Troupes en France.
Il semble que Dom Jean d'Autriche ait voulu épouvanter les ennemis par le bruit de ces preparatifs, & qu'il ait plûtôt voulu se van-
ter de faire la guerre, que de la
faire en effet, puis qu'il n'a reçû
aucunes Troupes d'Espagne, d'I-
talie, ny de France, qui devoient
venir depuis long-tems; & qu'il
souffre que les villes qui sont encore soûmises à son autorité soient
em-

emportées devant ſes yeux par
les Etats des Païs-Bas, ſans leur
donner du ſecours. Car ils aſſie-
gent à preſent Namur & Rure-
monde, où eſt Bouillerieu; ce
qui ne ſe fait qu'à la honte des E-
ſpagnols, qui ont ſouffert, qu'on
leur ait auparavant enlevé pluſi-
ſieurs villes, & ſur tout celles où
il y avoit Garniſon Allemande. Je
crois, qu'ils ont attendu l'evene-
ment de la trahiſon, que ceux
qu'on a mis en priſon à Gand avoient entrepriſe. Ils ont peut-étre
auſſi eſperé, que l'arrivée de l'Archiduc Matthias pourroit étre
cauſe de quelque grand changement; mais le ſuccés n'a pas répondu à leur attente. Car la trahiſon a été à preſent ſi bien décou-
verte par d'autres, qu'on a fait
mourir dans les ſupplices Mocron
Prevôt de Gand, qui étoit du nombre

bre des conjurés. Et parce que
l'Archiduc Matthias a été appellé
par ceux de la faction, il semble
que les autres en ont eu quelque
ombrage. En verité ceux qui ont
persuadé ce jeune Prince né d'une
si grande maison, de permettre
qu'on abusât de son nom en de
semblables choses meritent une
rude punition. J'ay vû un écrit
imprimé à Gand en Langue Fla-
mande, où il est dit que le Duc
d'Archot & ses Confederés avoient
voulu secretement introduire u-
ne forte garnison de soldats dans
la ville de Gand, pour irriter les
Flamans contre les Brabançons,
dans l'opinion où ils étoient, qu'a-
près s'être emparé de cette ville il
ne leur seroit pas difficile de persuader au reste de la Flandre de
suivre leur party. Ils avoient resolu de mettre l'Archiduc Matthias

thias à Ruremonde, qui eſt une
Place forte entre Gand & Anvers,
& d'abuſer de ſon nom pour ache-
ver ce qu'ils avoient entrepris. On
publie des conditions qu'on a of-
fertes à Matthias; s'il les accepte,
l'autorité qu'il aura au Gouvernement ne ſera pas grande, bien que
je doute fort qu'on les luy aït pre-
ſentées au nom des Etats. Je viens
d'apprendre qu'il dit qu'il étoit
venu pour rendre ſervice aux E-
tats en tout ce qu'il pourroit, &
que pourvû qu'il pût leur étre utile, il ſe mettroit fort peu en peine
de ce que Dom Jean d'Autriche en
jugeroit. Il eſt à preſent caché
dans Liere, qui eſt une petite ville
à trois lieuës d'Anvers, & autant
de Malines. En vérité il ſemble,
qu'il y a peu d'honneur pour luy
d'y étre ſi long-tems. Quelques-
uns des leurs, qui viennent des
Païs-

Païs-Bas soupçonnent, qu'il y en
a qui prennent garde à luy, de
sorte qu'il n'est pas tout-à-fait libre, bien qu'il ne paroisse pas
qu'on luy ait donné des Gardes;
ce que je ne crois pas veritable. Il
a écrit fort obligeamment au
Prince d'Orange, à qui il a offert
toute sorte d'amitié, & le Prince
d'Orange luy a envoyé le Comte
Jean son frere, par lequel il l'a fait
asseurer de ses services & de son
affection. La perfidie du Duc
d'Archot & de ses Confederés a ac-
quis une grande autorité au Prince d'Orange, car le peuple a commencé par tout à douter de la fidelité des Grans excepté de la sienne, en ce que personne ne doute,
qu'il ne soit ennemy juré des Espagnols: Et il est certain que les injures que Dom Jean d'Autriche &
les autres Espagnols luy ont fait,

sont

sont aussi la cause qu'on se fie plus
à luy Les Flamans & les Brabançons disent à present tout haut,
qu'ils ne veulent point avoir d'autre Gouverneur que luy ; de sorte
que puisque ces deux puissantes
provinces sont si bien disposées
pour luy,& que ceux de Gueldres
& de Frise tiennent son party, je ne
crois pas que ceux de Hainaut &
d'Artois se separent de leur union:
C'est pourquoy si les Espagnols
veulent faire la guerre à ces Provinces, il n'y a point de doute
qu'ils feront bien aises que la
guerre se fasse principalement
par les conseils du Prince d'Orange. Le Duc d'Alançon frere du
Roy de France revient aux mé-
mes finesses dont il s'est servi
pour tromper les Huguenots. Il
a long-tems été en Picardie, afin
de traiter de plus prés avec le Prin-

M   ce

ce d'Orange, à qui il a fait entendre, qu'il n'y a rien qu'il ne fît en faveur des Etats des Païs-Bas, s'ils vouloient se fier à lui, comme il sembloit qu'ils avoient voulu le faire il y a un an, & qu'il empêcheroit que la France n'envoyât du secours à Dom Jean d'Autriche. Il promit encore plus, il ajoûta que sa mere & quelques honétes gens qu'il avoit auprés de luy, l'avoient persuadé d'attaquer les Huguenots dans cette derniere guerre, & qu'ils l'y avoient porté par cette raison, disoient-ils, que les Etats du Royaume avoient resolu de le priver du droit de succession au Royaume, s'il se separoit du Roy son frere. On luy a répondu que l'on pourroit parler plus à propos de ces choses avec luy, si l'on étoit assûré qu'il entretint une amitié sincere avec le Roy de Navarre, &

le

le Prince de Condé, & qu'il voulût joindre ses desseins aux leurs.
On dit que les Etats des Païs-Bas
ont envoyé des Ambassadeurs au
Roy de France; mais je ne say pas
quelle sorte d'affaire ils ont à negocier auprés de luy. Un peu auparavant ils avoient envoyé en
Angleterre Haureus frere du Duc
d'Archot, pour demander du secours à la Reine, qui le leur avoit
fait esperer depuis long-tems, si
Dom Jean d'Autriche les atta-
quoit: mais au lieu de soldats il
demanda de l'argent, que l'on dit
qu'il vouloit soûtraire, si on le luy
eut donné, & l'employer à l'usage de la faction, dont le Duc d'Archot son frere étoit le chef. Lors
qu'il fut en Angleterre il ne dit pas
à la Reine, qu'on avoit appellé
l'Archiduc Matthias, bien qu'il fut
du nombre de ceux qui l'avoient

ap-

appellé. La Reine trouva cela mauvais, & luy ayant enfuite demandé s'il n'avoit pas fû qu'il devoit venir, il fut contraint d'avoüer qu'il l'avoit fû. On a arrêté à Bourdeaux par ordre du Roy de France, cinquante ou foixante navires Anglois, qui y étoient allé changer du vin; mais je ne fay pas par quelle raifon le Roy a donné cet ordre. Lors que la Reine d'Angleterre apprit cette nouvelle, elle fit auffi arréter vingt deux Vaiffeaux François, qui ne fachant pas ce qui s'étoit paffé à Bourdeaux contre les Anglois, aprés avoir été pouffés de la tempéte s'étoient retirés dans un certain port d'Angleterre. On dit que les Marchandifes qui étoient dans les Vaiffeaux François étoient de plus grand prix, que celles qui étoient dans les Anglois, bien que

le

le nombre en fut plus grand. Ce
font là des Avant-coureurs de la
guerre que plufieurs croyent qui
naîtra entre ces deux Nations. Un
homme digne de foy m'écrivit
dernierement d'Angleterre quelque chofe, qui merite d'être fû.
Fourbiffeur Anglois de Nation,
homme tres experimenté en la
marine, pouffa depuis quelques
années la navigation fort avant
dans le Nord, dans l'efperance de
trouver quelque detroit, par où il
pût aller dans la mer que les Efpagnols appellent del Zur, & delà
aux Isles Moluques, d'où l'on apporte les Epiceries, & dans les Indes Orientales: car on croit que
le nouveau monde que les Efpagnols ont découvert n'eft qu'une
Isle feparée du continent, du côté
du Levant au midy, par le detroit
de Magellan, & de l'Occident &

M 3   du

du Nord par le detroit qu'il cherche. Ainsi passant un jour le long
d'une riviere dans une Isle tout-a-
fait deserte, où il avoit abordé
pour faire de l'eau, un de ceux qui
l'accompagnoient ayant vû une
motte de terre reluisante comme
de l'or, la ramassa & la luy mon-
tra, & voyant qu'il la méprisoit,
il ne laissa pas de la garder, & de
l'apporter en Angleterre, où l'a-
yant montrée à un Orfevre, il la
fondit, & trouva qu'elle étoit presque de pur or. Cette affaire étant
enfin venue aux oreilles de la Reine, elle commanda au Printems
passé à Fourbisseur de partir & de
faire voile vers l'Isle d'où l'on a-
voit apporté la motte de terre, On
luy donna encore quelques personnes experimentés aux mines,
pour s'informer de la nature de ce
lieu. Il a fait le voyage, & il est
dé-

déja de retour sain & sauf en Angleterre, où il a amené cent ton-
neaux pleins de cette mine, qui
n'étoit pas encore dechargée des
Vaisseaux, lors qu'on en a écrit
ici la nouvelle. Les mineurs qui
ont été avec luy rapportent, que
cette Isle d'où l'on a apporté la
premiere motte de terre, n'est
pas la seule qui abonde en cette
matiere, mais qu'il y a encore quatre Isles voisines qui ne luy ce-
dent pas beaucoup en cela. Si cela
est vray, ce sera sans doute la ruïne de beaucoup de gens; car tout
le monde voudra y aller. Les Da-
nois qui se perdent à present dans
l'oisiveté auront une belle occasion de faire voir leur adresse, puis
qu'ils sont plus près de ces lieux-là
que les Anglois, & qu'ils s'attri-
buent quelque droit du côté du
Septentrion. Je souhaite toute

M 4 sor-

forte de bonheur & de profperité
à V. A. E. & à toute fon illuftre Famille. A Francfort le 27. Novem-
bre 1577.

***

MONSEIGNEUR,

APrés une longue difpute des
Etats des Païs-Bas, Matthias
Archiduc d'Autriche a été declaré Lieutenant du Roy d'Efpagne ou Gouverneur des Païs-
Bas Efpagnols. Les Etats ont envoyé le Chancelier de Brabant à
Anvers pour en donner avis à
Matthias, & le prier de venir au
plûtôt à Bruxelles prêter ferment
au Roy & aux Etats. Cela fe fit à
Anvers le dix-huitieme du mois
paffé, & ce même jour on fit des
feux de joye dans tous les endroits

droits de la ville. Il y en a qui disent, que les Etats avoient le consentement du Roy d'Espagne, a-
vant que de l'avoir appellé pour
Gouverneur; mais il me semble
que cela n'auroit pas pû être si tôt
fait, parce que la Cour d'Espagne
en est extrémement éloignée, &
que les Espagnols ont accoutumé
d'être long-tems à deliberer sur
les affaires de conséquence. On
dit que Dom Jean d'Autriche a ordre du Roy de s'en retourner en
Italie; nous apprendrons bientôt
si cela est vray. On écrit que dans
les conditions sous lesquelles on a
établi Matthias Gouverneur, on y
a mis un article, qu'il ne pourra
point avoir de Conseillers qui soit
né dans d'autres Provinces, & d'u-
ne autre religion que la Romaine.
Que si cela est vray, il n'y a point
de doute, qu'on ne l'a fait qu'à cau-

M 5   se

se du Prince d'Orange, qui par là est exclu du Conseil d'Etat. Je ne doute presque plus qu'on n'ait appellé Matthias en ces Provinces à cause de l'aversion qu'on a du Prince d'Orange: car les autres grans Seigneurs ne peuvent pas souffrir, qu'il soit plus aimé du peuple, ny qu'il ait plus d'autorité qu'eux, & c'est pour cette raison qu'ils ont voulu luy opposer l'Archiduc Matthias. Ils verront eux-mêmes s'ils en ont agi sagement; car il y va de leur interet. Il semble pourtant qu'ils ont mal fait en ce qu'après avoir auparavant travaillé de concert à soûtenir la liberté de la patrie, ils y mêlent à present la Religion; ce qui se fait contre la Paix de Gand. Cela leur est sans doute mis dans l'esprit par des gens rusés, afin d'ôter l'union où consiste tout leur bonheur. Les vil-

villes principales ne font pas bien
aifes de l'election de Matthias:
ceux de Gand l'ont déja affés fait
connoître en faifant arrêter les
grans Seigneurs, dont j'ay déja
écrit, parce que c'etoit eux qui
l'avoient appellé, & qui ne veulent pas même les mettre en liberté, bien que les Etats le leur commandent. C'eft pourquoy les
mêmes Etats prient le Prince d'O-
range de fe tranfporter à Gand,
& de faire enforte que les prifon-
niers foient delivrés. J'ay de la
peine à croire qu'il le faffe; car il
voit bien que cela ne plairoit pas
au peuple, qu'il ne veut pas offen-
fer. La plûpart des villes ne font
pas feulement le denombrement
de leurs bourgeois, mais auffi des
habitans, avec ordre de fe pour-
voir d'armes, à tous ceux qui font
en âge de les porter, c'eft à dire à
ceux

ceux qui font au deſſus de vingt
ans, & au deſſous de ſoixante. Il
n'y a que les Eccleſiaſtiques & les
Magiſtrats qui en ſoient exempts.
On a levé à Anvers quatre-vingts
Compagnies de ſoldats, chacune
de deux cens hommes. Dom Jean
d'Autriche a une armée de douze
mille hommes, compoſée d'Eſpagnols, d'Italiens, de Bourgui-
gnons & de Vallons. On dit qu'il
lui en vient encore un plus grand
nombre d'Allemagne & de France. Il prend ſa marche avec ces
Troupes vers le Rhin. Il a pris depuis peu une fortereſſe, qui n'eſt
pas loin d'Aix la Chapelle, & il a
déja mis le ſiege devant Limbourg, qui eſt entre Aix la Chapelle & Liege : où les pauvres
païſans ſe retirent en foule, & por-
tent le plus qu'ils peuvent de leurs
effets. On croit que Dom Jean
d'Au-

d'Autriche a pris ainſi ſa marche,
pour faire lever le ſiege de Rure-
monde. Il a des Troupes bien di-
ſciplinées & des Capitaines fort
experimentés en l'art de la guerre; ce que les Etats n'ont pas: de
ſorte que s'ils en viennent aux
mains avec eux, on craint fort
que la partie ne ſoit pas égale. Les
Etats ont traité avec Gonther
Comte de Schvarzbourg pour lever deux mille cinq cens chevaux;
avec le Baron de Tautenberg pour
en lever quinze cens, & avec le
Duc Caſimir pour en lever trois
mille, ce qu'il leur a refuſé, à ce
que je viens d'apprendre, je ne ſay
pas ce que les autres ont fait. Il
leur eſt venu depuis peu quatre
mille Ecoſſois de renfort. Il ne
leur manquera pas non plus du ſecours d'Angleterre, pourvû qu'ils
s'uniſſent au Prince d'Orange;
mais

mais s'ils s'en feparent, il eft certain, que la Reine ne fe fiera pas
à eux. Le Roy d'Efpagne ramaf-
fa dernierement des Marchans de
Paris deux cens mille écus, qui
ont été envoyés à Dom Jean d'Autriche. Il a paffé à prefent par icy
quantité de foldats qui ont fervi
fous Fronsberg dans les Païs-Bas.
ils répondent à ceux qui les accu-
fent d'avoir livré leur Commandant aux ennemis, qu'ils n'avoient pas voulu partir des Païs-Bas
avant qu'il fut remis en liberté. Il
eft bien vray qu'il a été remis en
liberté; mais c'eft à condition qu'il
achevera de payer la paye qui eft
deuë aux Troupes depuis plufieurs années, ce qui luy fera difficile à faire. Je fouhaite que cette
année, dont c'eft aujourd'huy le
commencement foit heureufe &
favorable à V. A. E. & à toute fon
illu-

illuftre Famille. A Francfort le premier jour de Janvier 1575.

⁎

MONSEIGNEUR,

APrés la levée du fiege de Rure-monde les Efpagnols ont pris Falckenbourg & quelques autres Places de peu d'importance, où ils ont pourtant mis des garnifons. Il femble qu'ils avoient depuis quelque tems deffein de furpren-dre Maftric ; mais lors qu'ils vi-rent que la ville étoit gardée avec foin, & qu'il y avoit une forte gar-nifon, ils fe retirerent du côté d'Aix la Chapelle, dont les habi-tans eurent une grande terreur, à l'arrivée de ces hôtes fur leurs li-mites: Je ne crois pourtant pas qu'ils ayent la temerité d'entre-

pren-

prendre quelque chose contre eux. On dit qu'ils ont menacé ceux de Limbourg, de les traiter à la derniere rigueur, s'ils ne vouloient pas leur livrer la ville; mais ceux de Limbourg leur ont répondu avec assés de courage. Et comme les Espagnols n'ont point de grosse artillerie, il ne leur sera pas facile de prendre la ville, parce qu'il y a deux Compagnies de soldats. Le bruit court que Dom Jean d'Autriche leve trente Compagnies de soldats dans la Suisse, & que les Ministres du Roy de France n'avoient pas pû l'empêcher, bien qu'ils se fussent plaints, que cela se faisoit contre les Traités que le Roy avoit fait avec les Suisses. Je n'ay pas de la peine à croire que les François font semblant devant le monde, que cela ne leur plaît pas, & qu'ils appuyent

fous

sous main les desseins de Dom
Jean d'Autriche. Je ne saurois
m'imaginer où Dom Jean d'Autriche prendra de l'argent pour
entretenir toutes les troupes qu'il
veut amasser. Le Prince d'Orange est de retour de Gand à Anvers,
où un grand nombre des principaux bourgeois de Gand l'ont accompagné, ils ont été reçûs a-
vec une joye extrême de ceux
d'Anvers, qui leur ont donné des
festins publics où ils les ont ma-
gnifiquement traités. L'Archiduc
Matthias est enfin parti d'Anvers
pour Bruxelles, où le dix-neu-
viéme du mois passé, il fut publiquement déclaré Gouverneur &
Commandant General de ces Provinces, & le Prince d'Orange son
Lieutenant. Les Espagnols ne
seront pas si fâchés, qu'on ait fait
l'Archiduc Matthias Gouverneur,

N   que

que de ce qu'on a fait le Prince
d'Orange son Lieutenant : car cela renverfera leurs deffeins de la
paix, qu'ils efperoient d'obtenir
à des conditions avantageufes,
par le moyen de quelques-uns du
Confeil d'Etat qui favorifoient fe-
cretement leur party. On écrit
que Gonther Comte de Schvarzbourg étoit à prefent en grand
credit aux Etats, & que l'Archiduc Matthias fe fervoit le plus fouvent de fes Confeils. Le Roy de
France s'occupe à ronger les Parifiens. Il a fait fermer toutes les
portes de la ville, à la referve de
deux, où il a mis des garnifons,
qui ne laiffent pas fortir les bourgeois de la ville toutes les fois qu'il
en ont envie. Le Roy couvre cela, de la confpiration contre les
Italiens, que les Parifiens avoient
refolu de maffacrer. Le Duc de
Gui-

Guise vendit ces jours paſſés au
Duc du Maine ſon frere la Comté
de Nantevil, qui n'eſt pas plus loin
de Paris que Naumbourg de Leip-
ſic: pour la ſomme de trois cens
ſoixante mille livres. Le Duc de
Guiſe a été pendant ces guerres
civiles ſi liberal aux ſoldats, chés
leſquels il vouloit ſe mettre en autorité, qu'il a fait des dettes im-
menſes. Son frere qui eſt un jeune homme fort bien fait, a épouſé
la fille du Marquis de Villars, à
preſent Amiral, bien qu'elle ſoit
déja vieille & fort mal faite. Il a
reçû pour l'épouſer une grande
quantité d'argent de ſon Beau pere, qui eſt un homme avare & riche, & qui n'a que cette fille, qui
avoit déja été mariée à un autre,
dont elle a ſix enfans. Tout le
monde ſe moque de la folie de ce
vieillard, qui a donné une bonne

N 2   par-

partie de ses richesses à son Gen-
dre pour épouser sa fille; bien
qu'il en eut déja plusieurs petits
fils. Je croy que V. A. E. aura déja appris, que l'Electeur Palatin
& Jean Casimir son frere ont fait
un Traité des differens qu'ils a-
voient eu ensemble, & que Madame la Princesse fille de V. A. E. y a
beaucoup contribué. Je souhaite
toute sorte de bonheur & de prosperité à V. A. E. & à toute son illustre Famille. A Francfort le premier Fevrier 578.

***

MONSEIGNEUR,

COmme j'étois sur le point de
partir au mois de May pour aller en France, j'en donnay avis à

V.

V. A. E. Mais je n'ay pas pû écrire de France, parce que les chemins étoient fermés à cause de la guerre qu'on y a recommencé, & ceux qui commandoient dans les Villes faisoient fouiller les messagers, & on leur ôtoit les Lettres, sur tout celles qu'on écrivoit en Allemagne, parceque le bruit couroit que le Prince de Condé y levoit des soldats pour s'en servir contre le Roy. On dit en France qu'on a entrepris cette guerre, contre la volonté du Roy & de sa mere; mais ceux qui font profession de la veritable Religion disent, que les affronts qu'on leur faisoit les ont contraints de prendre les armes. On travaille à la paix, & il semble que le frere du Roy veut s'en faire l'arbître; mais il n'aura pas assés de credit pour en venir à bout: car ceux qui tiennent

nent le party du Roy s'imaginent
qu'il est plus affectionné au Roy
de Navarre, & qu'il n'avoit pas
ignoré le dessein qu'il avoit d'entreprendre la guerre. Lors que
j'arrivay à Paris, j'en parlay à des
gens qui savent le mieux les affaires, qui esperoient que la guerre
pourroit facilement s'appaiser,
parce que le Roy l'avoit en horreur. Mais pendant qu'on parloit de la paix, le Roy de Navarre
prit Cahors qui est une grande
ville d'Aquitaine situce en un lieu
fort avantageux qu'ils ne ren-
dront pas facilement au Roy. La
prise de cette ville a rendu la negociation de paix plus difficile
qu'elle ne paroissoit auparavant;
car dès que le Roy en a appris la
Nouvelle, il a fait lever en diligence des troupes, qu'il a envo-
yées en Picardie pour assieger la
vil-

ville de Lantere, que le Prince de
Condé avoit prise quelques mois
auparavant, mais a ce que j'apprens, on avance fort peu ce siege; quoy que l'on ait pû dire en
France. Il me semble que le frere
du Roy demandoit la paix de bonne foy: car il voyoit bien, que tant
que la France seroit en trouble,
il ne pourroit pas donner aux
Pais-Bas le secours, qu'ils n'auroient pas manqué de luy demander, s'ils luy avoient donné le
commandement de ces Provinces. J'ay été contraint de me retirer icy de France par la Normandie, parce que les soldats du
Roy qui couroient toute la Picardie, en rendoient les chemins fort
dangereux. J'ay été attaqué pendant mon voyage d'une rude fie-
vre, dont je n'étois pas encore
quitte lorsque je suis arrivé icy;
N 4 mais

mais je me porte mieux à present
par la grace de Dieu. Il y en a
plusieurs qui me blâment d'avoir
entrepris ce voyage en France,
sans sçavoir la raison qui me l'a fait
entreprendre. Les Etats de ces
Provinces ne m'y ont point du
tout envoyé, comme quelques-
uns s'imaginent, ny je n'en ay eu
aucun ordre d'eux, mais j'y suis
allé pour mes affaires particulie-
res, & celles de quelques autres;
& je ne crois pas qu'ils se repen-
tent de m'avoir confié le soin de
leurs affaires, puisque j'ay executé selon leur desir les ordres qu'ils
m'avoient donné. Je me suis joint
aux Deputés que les Etats de Flandre envoyoient au frere du Roy
pour être plus assûré en chemin.
Et personne ne doit s'étonner que
j'aye craint le peril des chemins,
moy, qui n'avois pas été en France

ce depuis le massacre de Paris. Et
de plus, ceux qui m'accusent n'ont
pas tant de sujet de craindre cette
Deputation de Flandres, qui n'est
d'aucune consequence; car ces
Deputés n'avoient autre chose à
faire qu'à dire au frere du Roy,
qu'on avoit resolu dans les Etats
de Flandres de luy faire proposer
les articles ou conditions qu'on a-
voit fait il y a sept ou huit ans dans
l'Assemblée des Etats Generaux,
afin que les Provinces deliberas-
sent là dessus; & ce sont ces mé-
mes articles que j'ay envoyé depuis long-tems à V. A. E. Cependant les Envoyés de Flandres s'en
rapportoient à ce que l'Assemblée
generale des Etats en ordonne-
roit, du consentement desquels ils
disoient, qu'ils ne vouloient jamais se separer; ce qui étoit de
même que s'ils n'avoient rien fait.

N 5   Aussi

Auſſi n'en reçûrent-ils point de
réponſe, mais demeurerent auprés du frere du Roy, juſqu'à ce
que ceux que les Etats Generaux
luy envoyoient, fuſſent arrivés.
Les Deputés des Etats Generaux
ſe preparent à ſe mettre en chemin, pour aller trouver le frere
du Roy, car ces jours paſſés les
Etats Generaux & même l'Aſſemblée de tous les ordres de cette
ville reſolurent de traiter avec lui,
puiſqu'à preſent il n'y a plus d'e-
ſperance de faire la paix avec les
Eſpagnols, & que ces Provinces
ne ſe voyent pas en état de pouvoir ſoûtenir long-tems cette
guerre par leurs propres forces.
Il n'a pas été ſi aiſé d'obtenir une
telle reſolution des habitans de
cette ville, que des Etats Generaux. On a diſputé avec opinia-
treté cette affaire dans leur Aſſemblée,

blée , qui s'eſt ſeparée trois fois
ſans que la choſe fût faite ; parce
que les premiers bourgeois de
cette ville ont leur principal ne-
goce en Eſpagne : c'eſt pourquoy
ils ne voyent pas de bon œil que
la Souveraineté de ces Provinces
paſſe en d'autres mains que celles
de l'Eſpagne. On m'a dit, que
lors que l'Archiduc Matthias eût
appris qu'il avoit été reſolu dans
les Etats Generaux de traiter avec
le frere du Roy de France, il alla
dans leur Aſſemblée, & y fit une
belle harangue, par laquelle il
leur repreſenta, qu'il n'étoit pas
venu de luy-même, mais qu'on
l'avoit fait venir icy pour les aider
de ſon mieux, & qu'ils étoient eux-
mêmes témoins qu'il ne s'étoit jamais ſeparé de leur ſentiment ;
mais qu'à preſent il voyoit bien
que ſa preſence ne leur feroit à l'a-

ve-

venir ny utile ny agreable : c'est
pourquoy, il les pria de luy dire
leur sentiment sur ce qu'il avoit à
faire. Il ajoûta, qu'a son arrivée
on avoit mis dans sa maison plusieurs Gentis-hommes, & beaucoup de bourgeois de ces Provinces pour se servir d'eux, & qu'il
en avoit reçû de fideles services;
mais qu'il avoit de la douleur, de
ne pouvoir pas les reconnoître;
C'est pourquoy il prioit les Etats
de se souvenir d'eux, afin que du
moins il ne fût pas dit, qu'ils l'a-
voient servi à leur prejudice. Cette harangue en attendrit plusieurs, mais je ne crois pas que
les Etats y ayent encore répondu,
& peut-être on n'y répondra pas
sitôt, autant que je puis le pre-
voir. Pour moy, MONSEIGNEUR,
je prie tres-humblement V. A. E.
par cette bonté qui luy est natu-

relle, de me permettre de parler
un peu plus librement de cette affaire. Tout le monde sait que ces
Provinces qui étoient autrefois
les plus florissantes, ont été si rui-
nées par cette longue guerre civile, qu'elles sont aujourd'huy les
plus miserables. Ils ne voyent
point de fin à leurs miseres, & ils
sont dans une crainte continuelle
de se voir accablés par les Espagnols, qui, quelque mine qu'ils
fassent, ne desirent pas la paix, &
quand même l'on en parleroit, ils
n'ont pas dessein de leur laisser la
moindre liberté de Religion; mais
il s'est fait dans ces Provinces un
si grand changement de Religion,
que le Papisme ne sauroit être re-
tabli sans les ruiner de fond en
comble. On avoit souvent prié
l'Empereur Maximilien de glo-
rieuse memoire de se rendre arbi-
tre

tre de la paix entre le Roy d'Espagne & ces Provinces; mais comme il étoit sage, & qu'il avoit l'e-
sprit penetrant, il s'apperçevoit
bien que les Espagnols ne demandoient pas la paix de bonne foy,
mais qu'ils ne le faisoient que
pour ruïner, sous ce pretexte, la liberté de ces Provinces. C'est
pourquoy ne voulant pas être le
Ministre de leur injustice, il ne
voulut pas qu'ils abusassent de ses
soins, & on ne pût jamais le persuader à se mêler d'une negociation de paix. Il est vray que lors
que Gonther Comte de Schvarzbourg vint icy de sa Cour, il y a
cinq ans, & qu'il eut commencé à
parler de la paix, & que le bruit
se fût répandu qu'il le faisoit par
les ordres de l'Empereur; ce Prince écrivit icy qu'il ne luy en avoit
point donné d'ordre. Il n'y a
point

point d'homme de bon sens, qui
juge, que l'Empereur Maximilien
n'avoit pas eu envie d'appaiser
ces troubles, & de conserver la
Souveraineté de ces Provinces au
Roy d'Espagne, qui étoit son intime amy & son parent ; mais comme j'ay dit, il ne voulut pas que les
Espagnols abusassent de ses soins,
pour tromper les habitans de ces
Provinces. Maximilien étant
mort, Rodolfe son fils se laissa persuader à entreprendre l'affaire. Il
envoya d'abord icy pour Commissaires le Baron de Venebourg,
& quelques autres, qui entrérent
en pour-parler de paix avec Dom
Jean d'Autriche, qui venoit d'arriver d'Espagne avec les ordres
du Roy, & les Etats de ces Provinces. La paix fût enfin concluë
entre eux ; mais Dom Jean d'Autriche fit un peu trop tôt connoître,

tre, qu'il avoit confenti à cette
Paix pour tromper les Etats. A-
près la mort de Dom Jean d'Autriche l'Empereur entreprit de
traiter cette affaire avec plus de
vigueur; pour cet effet il choifit,
& envoya à Cologne quelques E-
lecteurs & d'autres Princes de
l'Empire. L'Electeur de Mayen-
ce ne voulut pas être de ce nombre, parce que, comme il a l'efprit
fin, il s'apperçevoit affés de la
manière dont en uferoient les E-
fpagnols. Mais, que firent-ils à
Cologne? Premierement les Princes Deputés de l'Empereur ne pû-
rent ou ne voulurent pas obtenir
du Duc de Parme, qu'il levât le fiege de Maftric, pendant qu'on tra-
vailleroit à la paix. De plus il arriva, que des dix Envoyés ou Deputés que les Etats avoient envoyé à Cologne, il y en eut cinq qui
se

se laisserent corrompre, & aprés
avoir decouvert aux Espagnols
les desseins de ceux qui les a-
voient envoyés, se rangerent enfin de leur party. Il en fut de même de ceux d'Artois & de Hainaut, qui abandonnerent le party des Etats pour s'attacher à celuy d'Espagne; & cela leur fut si
bien persuadé, que depuis ce
tems-là les Etats n'ont point eu
d'ennemis plus fâcheux. Mais ce
qui est encore le plus à blâmer, est
qu'aprés la prise de Maftric, où
ceux qui tenoient le party des E-
tats étoient dans une grande con-
sternation, & que quelques-unes
de leurs villes se furent rendües
aux Espagnols, les Commissaires
de l'Empereur proposerent alors
les conditions de paix que V. A. E.
a vües; qui auroient sans doute
jetté les Etats dans de grandes dif-

O si-

ficultés, si les Troupes Espagnoles qui s'étoient revoltées, parce
qu'on ne leur avoit pas payé leur
solde, n'eussent refusé pour lors
de marcher contre les ennemis.
Car les Catholiques qui étoient
alors beaucoup plus puissans
qu'ils ne le sont à present, voyant
que ces conditions leur étoient
avantageuses, crûrent qu'ils ne
manqueroient pas de les accep-
ter. La raison que les Commissaires de l'Empereur disoient, de
n'avoir pas pû accorder plus de liberté de Religion aux Flamans,
de peur que leurs sujets ne leur
eussent demandé la même liberté,
ne les excuse pas assés, puis qu'ils
savoient bien que de toutes les dif-
ficultés, qu'ils avoient entrepris
de regler celle de la Religion étoit
la principale: Car s'ils avoient
crû qu'ils ne pouvoient rien faire
en

en cela, pourquoy s'étoient-ils
chargés de cet employ. Les Etats
après avoir été si maltraités, voyant bien que leurs propres forces n'étoient pas capables de dé-
tourner la ruïne qui les menaçoit, resolurent d'implorer le secours de quelque Prince contre
les forces d'Espagne, & comme
il n'y en avoit point d'autre, dont
ils pûssent plûtôt l'obtenir que du
frere du Roy de France, qui leur
avoit souvent offert ses soins &
son secours, ils crûrent qu'ils ne
pouvoient pas mieux faire que
d'avoir leur recours à luy. Ceux
qui écrivent d'Allemagne croient
que si ce changement se fait il sera
fort desavantageux à l'Empire,
sans distinguer ce qui est avantageux ou desavantageux à l'Empire d'avec ce qui l'est à la maison
d'Autriche; pour moy, je ne sau-

O 2 rois

rois m'empécher de dire, que fi ce
changement fe fait, ce ne peut
étre qu'au defavantage de la maifon d'Autriche, à qui ces Provinces
appartiennent par droit de fucceffion; mais c'eft une autre que-
ftion de dire que cela portera du
prejudice à l'Empire, car fi la Souveraineté de ces Provinces étoit
transferée au frere du Roy de
France, pour les tenir aux mé-
mes conditions, que les Efpagnols
les poffedoient avant ces defordres, c'eft à dire pour les tenir
comme fiefs de l'Empire, il ne feroit peut-étre pas avantageux à
l'Allemagne d'augmenter la puiffance des François, qui font des
efprits remuans, & les Etats fe-
roient peut-étre mieux de choifir
un Prince d'une maifon moins
puiffante que la France, mais il
n'y en a point d'autre que celuy-
cy,

cy, dont les Etats puissent esperer
du secours. Je puis ajoûter, que
les forces des François ont été si
fort affoiblies par ces longues
guerres civiles, qu'elles sont à
present bien petites: & de plus,
toutes les fois que ces Provinces
ont eu des Princes de la maison de
France, ils ont toûjours été les
ennemis jurés des Rois de France,
tout parens qu'ils étoient. Je m'en
vais dire plus librement ma pensée. La liberté de l'Allemagne a,
selon mon sens, beaucoup plus à
craindre de la maison d'Autriche
que de celle de France, puis qu'elle est beaucoup plus puissante, &
qu'elle a ses factions & plusieurs
habitudes dans l'Allemagne méme. Si le Roy d'Espagne s'em-
pare du Portugal, qu'il a attaqué
avec de si grandes forces, qu'il
semble que les Portugais auront

de la peine à luy reſiſter: cela augmentera de beaucoup ſa puiſſance. Que s'il remet enſuite ces Provinces ſous ſa domination, il ne
tiendra qu'à luy de donner des
loix aux Provinces d'Allemagne
qui en ſont voiſines, & tant qu'elles auront pour Empereurs ſes
freres, qui ſont d'intelligence
avec luy, ils mettront ſans doute
l'Allemagne ſur le panchant de
perdre ſa liberté, ſi quelqu'un dit,
que ce Roy d'Eſpagne & les autres
Princes de la maiſon d'Autriche
ne ſont pas ambitieux, & que les
Allemans n'ont pas ſujet de les
craindre de ce côté-là. Je répons
que les hommes ſages ne regardent pas ſeulement le preſent,
mais ils jettent les yeux, autant
qu'ils le peuvent ſur l'avenir pour
leur propre ſeureté & pour celle
de leurs Succeſſeurs, & tâchent

à

à mettre les choses en état, que
leurs voisins ne puissent pas leur
faire du tort, ny à leurs Succes-
seurs, quand même ils en auroient
le dessein, car ceux qui sont aujourd'huy bons amis, deviennent
bientôt ennemis, & il arrive souvent que des Princes fiers & ambitieux succedent à des Princes
tranquilles & amateurs de la paix.
Ceux-là même qui ne paroissent
pas ambitieux s'emparent quelquefois du bien d'autruy par des
voyes qui ne sont pas legitimes,
lors qu'ils en trouvent l'occasion
favorable, comme nous voyons
que le Roy d'Espagne fait à present en Portugal, qui ne semble pas
lui appartenir de droit. Lors de
la guerre de Smalcalde l'Allemagne fut sur le point d'être reduite
à l'esclavage par l'Empereur
Charles, ou plûtôt, elle y étoit

déja reduite, si le Duc Maurice
d'heureuse memoire, Frere de V.
A. E., V. A. E. même & quelques
autres Princes n'eussent secouru
leur miserable patrie qui demandoit leur assistance. Ceux qui ont
connu la puissance de l'Empereur
Charles, son experience en l'art
militaire, son autorité, sa pruden-
ce, & le bon heur qui l'accompa-
gnoit presque toûjours, n'ignorent pas combien grand étoit le
peril où vous vous exposiés, lors
que vous entreprîtes la guerre
contre luy, & à la verité, si cette
entreprise ne vous avoit pas heureusement réüssi, c'en auroit été
fait, non seulement de vos illustres Maisons, mais aussi de la liberté de toute l'Allemagne. Mais
Dieu vous assista, lors que vous
combattiés pour la justice, pour
la vraye Religion & pour la liberté

té de la patrie, & vous donna ce
bon succés lorsque vous en éties
aux mains avec l'ennemy le plus
puissant, afin que l'Allemagne
peut avec raison vous appeller le
Defenseur & le Restaurateur de
sa liberté, puisque depuis plusieurs siecles personne ne luy a
rendu de si grans services que
vous luy en rendites alors. Il é-
toit genereux dans ce tems-là, &
digne d'une loüange eternelle, de
se precipiter dans ce danger, pour
soûtenir la liberté de la patrie,
mais il vaut mieux se mettre en é-
tat de ne pas être si souvent expo-
sés à ces sortes de perils, & opposer de bonne heure une barriere à
l'ambition de ces Princes, que vous
voyès en état de vous faire du
mal. Le Roy d'Espagne a attaqué
le Portugal avec vingt mille hommes, & il y a déja pris quelques
Vil-

Villes. La flotte partit de Cadix
le vingt-cinquiéme du mois passé,
à ce que disent les matelots. Ceux
qui viennent de ce côté-là disent,
qu'elle est fort puissante, & que
ceux qui la comandent vouloient
la diviser en quatre escadres pour
attaquer en même tems diverses
Places du Portugal, & donner par
ce moyen plus de terreur aux
Portugais. Il semble que les Portugais ont resolu de bien defendre leur liberté contre les Espagnols. Mais, j'ay peur qu'ils ne
manquent de forces, & qu'ils
ne soient pas long-tems d'accord,
parce qu'ils n'ont point de chef.
Ils ont donné le commandement
de la Cavallerie à un Mahometan
d'Afrique, que le Roy Sebastien
avoit resolu de remettre sur le trô-
ne de Fez. On amene d'icy en Portugal quantité d'armes, de poudre.
à Ca-

à Canon, & d'autres choſes neceſ-
ſaires à la guerre. Outre la flotte,
qui, comme j'ay déja écrit, partit
le mois paſſé de Cadix. Le Roi d'E-
ſpagne en équippe encore une en
Biſcaye qui ſera, dit-on, de ſoixante Navires, dont la Reine d'Angleterre a grand peur, c'eſt pourquoy elle envoye plus de troupes
en Irlande, que le Roy n'en avoit
envoyé, depuis qu'on a comencé
de s'y ſoulever. On parle encore du
mariage du frere du Roi de France
avec la Reine d'Angleterre, & on
envoye ſouvêt des Ambaſſadeurs
de part & d'autre qui aſſûrent, que
la choſe ſe fera, mais il y a peu de
gens qui le croyent. On fait la
guerre fort lentement dans ces
Provinces. Hier ſur la pointe du
jour, quelques Cavalliers ennemis
vinrent reconnoître juſqu'aux
por-

portes de cette Ville, & brûlerent
trois moulins à vent. On dit que
les mécontens reçûrent ces jours
passés deux mois de gages, ils
ne sont pas loin de Camerac, où
le frere du Roy de France a envoyé un nouveau secours de soldats. V. A. E peut savoir d'ailleurs plûtôt que d'icy ce qui se
passe dans la Frise. On m'a dit
que le Comte de Schvarzbourg
qui servoit auparavant l'Empereur, est à present au service du
Roy d'Espagne qui luy a donné le
commandement des troupes,
qu'il envoye au secours de celles
qu'il a en Frise: je crois qu'on y
envoyera les vieilles Troupes Allemandes, qui sont dans le Duché
de Luxembourg, à qui la mere
du Duc de Parme a offert trois
mois de gages, mais ils en demandent huit, & se soûlévent.

　　　　　　　　　　Je

Je souhaite toute sorte de bonheur
& de prosperité à Vôtre Altesse
Electorale & à toute son illustre
Famille. A Anvers le dernier jour
du mois de Juillet 1580.

FIN.

Errata.

Pag. 2. lin. 21. lisés donné. p. 8. l. 17. doüaire. p. 15. l. 3. rente. p. 28. l. 1. de semblables. p. 31. l. 5. en quelque lieu. p. 35. l. 22. partie. p. 55. l. 22. à un certain. p. 74. l. 2. la peste. p. 112. l. 23. cingla. p. 117 l. 11. besoin d'argent. p. 135. l. 7. elle même. p. 125. l. 6. raison. p. 165. l. 1. recoṁmandé. p. 171. l. 1. m'avoit. p. 220. l. 5. Cambray.